Survivre au sexisme ordinaire

Collectif

Survivre au sexisme ordinaire

Analyses et techniques de 18 féministes pour le mettre K.-O.

Librio

Inédit

E.J.L., 2021

SOMMAIRE

« C'EST UN TRUC DE FILLE »

Par Evie

Eve Cambreleng, alias ***About Evie****, est une illustratrice féministe dont l'univers est rempli d'énergie, de couleurs vives et de personnages puissants. Elle publie sur son compte Instagram des illustrations et des bandes dessinées engagées qui traitent de différents sujets comme la charge esthétique, la colère féminine ou la misogynie intériorisée.*

C'EST UN TRUC DE FILLE

par Eve Cambreleng / About Evie

Hello ! Cette phrase s'adresse la plupart du temps aux hommes, et cela dès leur plus jeune âge.

En quoi cette phrase pose problème ? On va voir ça ensemble avec des exemples concrets :

LES JOUETS

Les petits garçons jouent souvent à la poupée avant que leur entourage (les parents, l'école, les autres enfants) les en dissuadent, parce que ça ne serait pas convenable pour un garçon de jouer à la poupée ou à la dînette.

Ah non, je t'achète pas une Barbie !

LES CENTRES D'INTÉRÊTS

Cette phrase ne s'arrête pas aux jouets et à l'enfance !

Il y a tout un tas de choses qui sont considérées comme "des trucs de fille" :

Et derrière cette idée de "truc de fille", si on creuse 5 minutes, il y a l'idée que c'est la HONTE d'aimer un truc dit "de fille".

En effet, il est assez commun que les intérêts et loisirs dits "féminins" soient moqués, ridiculisés, décriés.

C'est de la musique de pucelles

Gros navet pour midinettes en manque d'amour

Bon pour les adolescentes prépubères

Et pourquoi donc ce serait la honte ?

C'est l'idée à peine dissimulée que ce qui touche au féminin, c'est nul, parce que les filles c'est faible, chiant, ennuyeux.

En réalité, cette phrase reflète 2 CHOSES :
le mépris pour les intérêts dits "féminins", une forme de misogynie qui ne dit pas son nom,
MAIS SURTOUT
L'EXIGENCE DE LA VIRILITÉ
et l'impact de la MASCULINITÉ TOXIQUE
sois un homme
fais pas ta fillette
fais pas ta princesse
fais pas ta pleureuse
aie des couilles un peu
Pourquoi être inquiet qu'un garçon s'intéresse à des choses dites "de fille" si ce n'est par crainte de manquement à sa virilité ?
Ce genre de réflexions renforce les inégalités de genre et FRUSTRE les individus dans ce qu'ils devraient aimer ou pas !
Laissez les filles jouer au foot et les garçons faire de la danse !
Laissez les garçons jouer à la dînette et les filles aux petites voitures !
EN BREF, la vie est beaucoup plus simple quand on laisse chacun.e faire ce qu'il/elle veut sans se moquer !
Et si on vous sort encore "C'EST UN TRUC DE FILLE" vous pouvez aussi répondre avec ces deux mots :
ET ALORS ?
evie

« HÉ, MADEMOISELLE ! »

Par Alizée Vincent

***Alizée Vincent** est journaliste pour le magazine* Causette, *où elle traite des idées féministes, d'écologie et des inégalités que subissent les femmes et les minorités. Elle a participé à plusieurs ouvrages, dont le recueil féministe destiné aux ados* Ceci est mon corps *(Éditions Rageot, 2020).*

L'avantage du harcèlement de rue, c'est qu'il constitue un merveilleux terrain de créativité. Une fois, j'ai publié un statut Facebook exposant ma cueillette des trois jours précédents : un « je vais te la foutre dans le cul », quatre sifflements, une tentative de me pousser à terre et une « demande » de fellation à travers la vitre d'une voiture, avec – en bonus – l'acte mimé. Jolie récolte, n'est-ce pas ? Ce post m'a valu un petit buzz personnel. Des dizaines de messages de soutien de proches, et même d'offres semi-sérieuses pour devenir mon « bodyguard ». Ces retours m'ont convaincue. Là où je ne répondais, jusqu'ici, rien, j'avais moi aussi droit à l'innovation verbale. Et ce, sans avoir forcément besoin d'aide masculine.

« Ce que vous faites, monsieur, s'appelle du harcèlement de rue » fut mon premier bouclier. Lorsqu'un homme a fait mine de prendre son pied en palpant des seins fictifs devant lui, sur le quai du métro, en me regardant droit dans les yeux, j'ai prononcé cette phrase. Il s'est excusé. Dans ma tête, c'était la fête. Je suis entrée dans la rame soulagée et fière d'avoir su replacer l'échange dans un cadre bienséant.

Elsa Miské est cofondatrice du jeu de cartes « Moi c'est Madame », un « stage de self-defence mental version poche », qui consiste à trouver la meilleure riposte face à des agressions fictives. « Ceux qui harcèlent ont tendance à minimiser leur acte, sinon ils ne pourraient pas se regarder dans la glace, reconnaît-elle. Donc nommer ce qu'ils font, simplement décrire la situation – leur dire par exemple “donc là, monsieur, vous êtes en train de vous astiquer le sexe devant moi !” –, ça peut suffire à les désarçonner. » Ça marche aussi version description de ses émotions, souligne Tiphany Hue, présidente de l'association de lutte contre le harcèlement Ru'elles Starsbourg. « Dire fort “ça me met mal à l'aise” ou simplement "non, je ne suis pas d'accord" peut inciter d'autres personnes à se retourner et nous venir en aide. »

Puis j'ai peaufiné mon script. J'ai inventé une loi fictive. « Ce que vous faites est passible de 4 000 € d'amende », sermonnais-je. Parfois, je me fendais d'un « la gendarmerie/police n'est pas loin. Voulez-vous qu'on y aille ensemble ? » Le message était clair : ce n'est pas uniquement moi qui peux te punir pour ce que tu fais, mec, mais la société entière incarnée par la justice. Bim. Symboliquement, cela avait le mérite de nous sortir d'une situation de duel – en mobilisant un acteur tiers – et de faire baisser la tension. Ceci dit, à ce moment-là, c'était faux.

Mais depuis 2018, il existe une loi contre les « outrages sexistes ». La peine encourue s'élève à 750 €. 1 500 € dans les cas aggravés, lorsque les victimes sont des mineur.es de moins de 15 ans[1] notamment. Bon, en un an, il n'y a eu que 713 contraventions. Même si j'ai peu d'espoir que la loi soit appliquée et si l'idée que je prenne en charge l'éducation de mes agresseurs me hérisse le poil, j'ai conservé cette punchline. Elle est ma spécialité. Montant actualisé.

Quand j'en parle aux femmes autour de moi, on me sort plutôt la carte humour, comme joker safe et efficace. Dans son jeu, Elsa Miské a inventé une carte riposte : « Tu t'es cru sur TripAdvisor, pour donner une note à mon physique ? » pour les cas où l'on commente notre corps. « L'avantage d'une blague, c'est que c'est compliqué d'y répondre par de la violence », justifie-t-elle. Sinon, « il y a des filles qui se mettent à roter, poursuit Tiphany Hue, se curer le nez, faire des choses jugées

1. https://www.service-public.fr/parSculiers/vosdroits/F34550

dégueulasses... Elles disent que ça a super bien marché». Perso, je n'ai jamais osé. Mais parmi mes copines, l'option demi-LOL semble en effet en avoir tiré plus d'une d'affaire. Marthe propose: «Laisse-moi tranquille, j'ai mes règles, je sens mon sang qui coule, là.» À un homme qui lui réclamait son 06, Youna a donné le numéro d'un de ses parents. Juliette, quant à elle, a demandé son chemin d'un air décidé à l'homme qui l'ennuyait. Toutes me disent que ça a fait mouche. Pour ces meufs, on devrait décerner des Césars d'impro.

Après, le jour où ma petite sœur s'est mise à subir les affres de la rue, je suis revenue aux basiques: lui conseiller de ne pas répondre. Je me voyais mal lui suggérer des punchlines qui risqueraient de faire monter la mayonnaise. Fatima Le Griguer-Atig est psychologue dans l'unité des psychotraumatismes de l'hôpital Robert-Ballanger, en Seine-Saint-Denis, spécialisée dans les violences faites aux femmes. Elle est formelle: «C'est comme quand on conduit sur l'autoroute et que quelqu'un nous fait une queue de poisson. La meilleure réaction, ce n'est pas de faire la course. En cas de harcèlement de rue, je conseillerais plutôt de parler à quelqu'un autour de soi pour briser l'isolement.» Et puis, il faut «faire en fonction de notre propre psychisme, poursuit-elle. Si on est agoraphobe ou que l'on a été victime de viol, par exemple, la brutalité du harcèlement de rue peut créer une situation de sidération. Le cerveau se met en mode pilote automatique et se fige.» Tout est donc question de feeling et d'évaluation du danger. «La première chose à faire est d'estimer si la personne se montre agressive dans son ton, sa posture, confirme Tiphany Hue, et de passer son chemin – même si c'est frustrant – quand on sent qu'elle pourrait mal réagir.» Mes potes ont d'autres techniques de parade silencieuse: «Faire semblant de monter le son dans ses écouteurs, pour Enola, ou inventer un coup de fil.» Pour Nina, mettre sa capuche et «marcher comme un bonhomme».

«Ce serait faux de croire que les auteurs [de harcèlement] ne connaissent pas la différence entre drague et harcèlement, avertit Julie Peigné, secrétaire générale de Stop harcèlement de rue. Quand on drague, on attend des signaux. On les analyse. Et si la cible ne les émet pas, on considère qu'elle refuse. La drague est une invitation. Le harcèlement, lui, n'appelle pas de "non".» Ce n'est donc pas seulement l'agressivité qui fait du harcèlement de rue une agression, un danger. C'est «l'absence de consentement». Tiphany Hue illustre: «Si on sent un eye contact ou que l'interlocutrice nous sourit, on peut tenter.» Avec, en plus, «des précautions» style «excusez-moi de vous interrompre», suivies d'une invitation, pour l'inviter à accepter ou décliner. Sinon, c'est une agression.

Voilà une définition qui rend donc nulle et non avenue la «liberté d'importuner» qu'avait défendue un collectif de cent femmes (dont Catherine Deneuve et Élisabeth Lévy) dans une tribune publiée par *Le Monde*, en 2018. Ces dernières y invitaient à «ne pas confondre drague maladroite et agression sexuelle». Si l'on suit le raisonnement de Julie Peigné ci-dessus, même un poli mais maladroit «hé mademoiselle, ça va?» dans la rue est pourtant bien une *agression*.

Cela impose aux femmes un cadre de séduction qu'elles n'ont jamais demandé. Comme le rappelle Tiphany Hue: «La rue est faite pour aller d'un endroit A à un endroit B», pas pour se soumettre au regard des hommes. D'autant plus vrai lorsque vous faites face à la huitième interpellation non sollicitée de la journée. (C'est bien la récurrence de ce genre de remarques qui constitue du « harcèlement ».)

Je soutiens aussi qu'inviter les femmes à « ne pas confondre » les intentions des hommes, c'est leur demander un *travail* – encore ! – de mise à distance de leurs propres émotions. Nier leur choc, en priorisant les hypothétiques justifications des harceleurs.

Au diable leurs justifications ! De toute façon, le harcèlement de rue ne *propose* jamais quelque chose, il *ravit*. Il ravit la perspective de désir des femmes, puisqu'il ne le prend pas en considération. Il ravit aussi leur intégrité physique, en partant du principe que leur corps est sujet aux commentaires et disponible en permanence. C'est un vol. Et, contrairement au cas du harcèlement de rue, il est au moins une chose que personne n'ignore : le vol est puni.

En l'occurrence, « jusqu'à 1 500 € d'amende ».

« T'AS DES POILS, C'EST SALE ! »

Par Klaire fait Grr

« J'écris des trucs. Parfois je monte sur scène. Le reste du temps je mange des coquillettes », ainsi se décrit-elle. ***Klaire fait Grr*** *est autrice, chroniqueuse pour* ARTE Radio *et le magazine* NEON, *et comédienne. Elle a publié notamment* Au poil ! *(Éditions Jungle, 2015) où elle traite avec humour des préjugés liés à l'épilation, et* Chattologie *(Hachette, 2021, avec Louise Mey) sur les injonctions liées aux règles.*

« T'as des poils, c'est sale » : phrase généralement entendue dès le collège, parfois même avant. Existe également dans ses versions « t'as des poils, c'est moche », et « t'as des poils, ça fait mec ».

Jusqu'ici, l'arrivée du printemps, c'était les oiseaux qui cuicuitent, les dimanches qui piquent-niquent, mais GAME OVER ! Vous n'êtes plus libre du débardeur. Dorénavant, parce que vous avez le malheur d'être née femme ou d'être perçue comme telle, le printemps, ce sera *HAAANNNN, des poils, trop gênant.*

Pourtant, il n'y a rien de honteux, rien de logique à interdire le port du poil en public, alors que répondre à ça ? Que la honte, la vraie, c'est plutôt celle qui consiste à humilier les gens sur la base de leur corps ? Que ce qui est moche, c'est de contribuer au sexisme le plus crasse ? Que ce qui pue, c'est ta bouche quand tu dis ça ? Que si votre interlocuteur est si jaloux, on peut lui en offrir à se coller en moustache ? Que quand la Sage lève le poing, l'Idiot commente ses aisselles ?

Ça calmera peut-être deux ou trois secondes votre brigade de la peau lisse, mais la vraie victoire réside probablement dans la déconstruction de cette injonction, et dans le savoir. Alors du savoir, mangeons-en.

L'idée que les poils sont sales, pas hygiéniques est… tout simplement fausse. Au contraire, même, les poils ont souvent des fonctions protectrices. Ils se comportent comme des tas de petits vigiles à l'entrée de nos corps, qui décideraient si tel truc peut entrer, ou si vraiment Jean-Mi Bermuda en claquettes-chaussettes après son litre de rosé au soleil, boarf, non merci, il entre pas.

Par exemple, les poils dans les narines sont hyper malins : si un insecte tente de nous visiter les trous de nez, les poils déclenchent une sensation de chatouillement qui va générer un éternuement qui… rejettera la bestiole. Pas mal foutu, le machin.

Sur les bras et les jambes, la chair de poule est un réflexe pour contrer le froid notamment, car les poils dressés forment une couche isolante. Plus rapide que de s'emballer dans un rouleau de laine de verre.

Quant à la vulve, ses poils sont tout sauf sales ! À tout prendre, c'est plutôt l'épilation intensive qui génère des irritations, et ouvre la porte à davantage d'infections.

Les poils des aisselles sont souvent dans le viseur aussi : ils feraient transpirer davantage et seraient donc puants. C'est faux. L'odeur est due à la sueur, et non aux poils eux-mêmes, la solution s'appelle douche et savonnette, voilà, hop, résolu, dites, eh, c'était pas le plus Grand Mystère de l'Humanité, comme enquête.

Mais POURQUOI dans ce cas les poils font-ils l'objet d'une telle humiliation, alors qu'ils n'ont rien à se reprocher ? Tellement rien qu'une immense majorité d'hommes peut conserver ses poils sans être accusés de « saleté ». À croire qu'il y a un double standard, deux-salles-deux-ambiances ? Eh bah oui. Les poils masculins sont acceptables, les poils féminins ? Tut-tut, nope, biiiiiip : inacceptables. On comprend bien d'ailleurs dans l'argument « ça fait mec » que le problème, ce n'est pas *les poils* mais *les poils des femmes.*

Donc reprenons, camarades. Les POILS – pas le piti duvet choupinou qu'on a dès l'enfance, hein, les poils plus visibles, foncés, ceux qui DÉRANGENT tant –, qu'est-ce que c'est ?

Des caractères sexuels secondaires. C'est-à-dire tous ces trucs qui déboulent plus ou moins sans prévenir, plus ou moins fort, plus ou moins tôt, au moment de la puberté, qui correspondent à l'acquisition de la maturité sexuelle et des capacités de reproduction. (Comme les seins, les règles, la voix qui mue…)

Ça veut dire quoi ? Ça veut dire que les poils, ce n'est pas un truc de mec. C'est un truc d'ADULTE PUBÈRE. Un sexe avec des poils, ce n'est pas un sexe *d'homme*. C'est un sexe *d'adulte*.

La mode de l'épilation drastique, dont celle de l'épilation intégrale de la vulve, c'est-à-dire pour obtenir une vulve qui ressemble à celle d'une petite fille, c'est loin d'être anodin. Non seulement ça questionne LÉGÈREMENT les fantasmes qu'on véhicule, mais en plus, il faut savoir que dans notre histoire, les femmes ont longtemps été considérées comme des petites filles, justement, au sens carrément juridique, puisqu'elles n'avaient rien le droit de faire sans l'accord d'un homme. En assignant le corps des femmes à une symbolique d'enfant, dépourvue de poils, on perpétue ce symbole de domination sur les femmes.

Et ce n'est pas seulement symbolique.

D'abord, l'épilation, c'est une dépense d'argent conséquente, une mine d'or pour le business du poil, vous imaginez le filon quand on persuade des gens qu'il faut à tout prix se débarrasser d'un truc qui… REPOUSSE ?! Mais c'est du génie, ils ont trouvé leur poule aux œufs d'or, en persuadant la poule d'aller chez Body-Plumes toutes les trois semaines !

L'épilation, c'est de l'argent, donc, mais aussi une dépense de temps conséquente, et une douleur à s'infliger pour le bon vouloir de je ne sais qui, disons, saint Machin-du-Frifi-Glabre.

Tout ça est déjà ÉNORME, mais ce n'est pas tout. Cet idéal d'un corps parfaitement lisse en permanence est une norme quasi inatteignable. Elle implique de ne pas pouvoir sortir aux beaux jours sans un doute, de ne pas pouvoir se mettre nue sans que plane au-dessus de nos têtes le spectre de la honte, de ne pas porter un débardeur sans crainte : bref, elle attaque non seulement notre portefeuille et notre agenda, mais aussi notre *confiance*. Notre confiance en nous, en notre corps, en notre liberté.

Et ça, ce n'est pas un hasard.

Se plier en douze pour satisfaire à une norme esthétique imposée aussi violemment, c'est ce qu'on attend de toute personne perçue comme femme.

Se plier à la norme des puissants, des dominants, c'est ce qu'on attend de toute personne perçue comme femme.

Se soumettre au pouvoir masculin, c'est ce qu'on attend de toute personne perçue comme femme.

Vous me direz peut-être que les femmes aussi parfois s'humilient entre elles en cas de pilosité visible : yep. C'est le signe d'un asservissement réussi, quand les victimes ont tellement bien intégré les règles qu'elles s'autolimitent et s'entreviolentent.

Vous vous direz peut-être que, malgré tout, vous trouvez vos poils moches et que vous préférez les enlever : allez-y, ça ne fait pas de vous une mauvaise féministe, notre combat n'est pas le poil, mais le *choix*. Il ne s'agit pas de remplacer une injonction par une autre, mais de remettre en question une pratique en tant qu'unique norme acceptable et imposée.

Cette remise en question commence à peine à prendre place dans la société, elle n'a pour l'instant posé qu'une demi-fesse sur un bout de fauteuil, alors il est normal que vous trouviez encore les poils féminins moches, on vous a toujours dit qu'ils l'étaient. Mais ce sont vos poils, vous êtes libre de les aimer ou de les détester. Libre de leur donner des petits noms tels que Frisée, Roquette ou Feuille-de-Chêne, si ça vous dit.

Ce sont vos poils, vous êtes libre de les garder ou non.

Vous êtes libre.

« T'AS TES RÈGLES OU QUOI ? »

Par Élise Thiébaut

Journaliste et féministe, ***Élise Thiébaut*** *écrit des fictions et des essais qui mêlent enquête documentaire et expérience personnelle. Elle est l'autrice de* Ceci est mon sang. Petite histoire des règles, de celles qui les ont et de ceux qui les font *(La Découverte, 2017), de* Les règles… quelle aventure ! *(La Ville brûle, 2017), de* Mes ancêtres les Gauloises, une autobiographie de la France *(La Découverte, 2019)*, de Les Fantômes de l'Internationale *(La Ville brûle, 2019) ainsi que d'une biographie romancée de Françoise d'Eaubonne,* L'Amazone verte *(Charleston, 2021).*

Je vais vous faire une confidence : il m'arrive parfois d'être de mauvaise humeur. Je m'énerve pour un rien, je rumine des idées noires, je pense au pire et je m'offusque à la moindre remarque, en particulier quand elle touche à mes cheveux (pour un motif que j'ignore, les gens autour de moi ont une propension à commenter ma coiffure qui confine au harcèlement). Je suis angoissée par des détails sans importance, comme les courriers administratifs ou les lessives qui s'accumulent, mais je peux aussi rester éveillée, l'œil fixe, pendant que les voitures tournent autour du périphérique et que je pense au réchauffement climatique ou à la santé de mes proches. Moralité : je suis de mauvais poil et je songe souvent à prendre mes cliques et mes claques pour aller… pour aller où, d'ailleurs ?

Car, de fait, quelques heures, quelques jours passent et je me sens un peu mieux. Je me demande pourquoi je me suis emballée comme ça. Pourquoi, en un rien de temps, je me suis retrouvée avec cette envie de foncer dans un arbre ou de sauter du haut d'une falaise. Cela ne peut pas être à cause de mes règles, parce que je suis ménopausée. Et pourtant mon humeur fluctue. Peut-être change-t-elle en fonction des saisons, de la tête que j'ai dans le miroir, du montant de mon compte en banque, des frustrations, des chagrins et des deuils que je trimballe sans m'en apercevoir, comme tout le monde. Peut-être même que j'ai gardé la trace de mes cycles disparus, car on ne saurait nier que mes sautes d'humeur ont quelque chose de cyclique, même si cette périodicité n'a apparemment aucun sens. C'est ma part de folie personnelle, un excès d'émoi que j'ai observé bien souvent dans ma vie ou chez mes proches. Et pour cause : la stabilité n'est pas humaine, car nous ne sommes pas des machines. Si on l'écoutait davantage, au lieu de penser qu'elle est pathologique, la colère nous rendrait cette part d'humanité que nous nions trop souvent parce qu'elle nous est interdite par le patriarcat. Crier manque à nos vies. Crier et courir nues sous la pluie les jours d'orage.

Quand j'étais plus jeune, durant cette période comprise entre 1975 et 2015 – *grosso modo*, de la guerre du Vietnam aux attentats contre *Charlie Hebdo*, j'avais aussi des sautes d'humeur et il est arrivé plusieurs fois qu'on me demande si j'avais mes règles. À tous les coups, cela venait d'un homme. Et la plupart du temps, de l'homme qui partageait ma vie ou mon lit. Tu as tes règles ou quoi ? À chaque fois, je me disais : et s'il avait raison ? Si j'étais comme ça à cause de mes hormones, Simone ? D'autant que moi, j'avais la forme hardcore des menstruations, celle qui vous fait vous tordre de douleur à chaque cycle : l'endométriose. Évidemment que j'étais un peu tendue avant. Évidemment que ma tension était exacerbée par cette phrase qui invalidait ma parole et me faisait douter de moi.

Alors quelquefois, après avoir affiché une moue vexée, je regardais mon calendrier. Et très souvent, on tombait dans le mille : j'avais mes règles ou j'allais les voir.

Et pourtant, j'étais complètement dans l'erreur. Car ceux qui vous demandent si vous avez vos règles pour expliquer votre humeur se trompent. Non parce que le syndrome prémenstruel (SPM, pour les intimes) n'existe pas. Il existe, évidemment, puisque vous le vivez. Mais parce que le SPM est peut-être *aussi* une vue de l'esprit, liée à la grande loi de la probabilité mathématique. Je m'explique. Les cycles durent en moyenne 29,5 jours. Soit un peu plus de quatre semaines. Si on compte le fait que les règles durent environ cinq jours, et que la phase dite lutéale (après l'ovulation) en dure quinze, on peut considérer qu'il y a environ la moitié du cycle où l'on peut vous dire : « T'as tes règles ou quoi ? » Soit une chance sur deux de tomber juste. Et si par hasard vous n'êtes pas de mauvaise humeur, mais simplement agacée ou en colère pour une raison précise, vous allez vous faire des nœuds au cerveau en vous demandant si vous n'avez pas exagéré (alors que non, l'exagération n'est pas féminine, il suffit pour s'en convaincre de regarder un homme conduire n'importe quel véhicule motorisé). Et oublier que peut-être, vous aviez des raisons parfaitement légitimes de vous énerver, qui n'ont rien à voir avec votre activité hormonale. Des raisons qui vous appartiennent. Des raisons qui mériteraient un peu plus de considération.

Une psychologue étasunienne, Robyn Stein DeLuca, a conduit une vaste enquête sur ce sujet, elle y fait une démonstration fascinante : en définitive, le lien que nous établissons entre les règles et notre état psychique relève de l'autosuggestion. Plus on est disposée à penser que notre cycle détermine notre humeur, plus en effet notre humeur varie en fonction de nos règles. Car quand on note, jour après jour, les variations de notre humeur, rien ne permet de les raccorder véritablement à notre cycle. C'est nous qui nous le racontons *après coup*.

Est-ce que cela signifie que le fameux SPM (et je ne parle toujours pas de l'abréviation de Saucisse Purée Maison), n'existe pas ? Certainement pas. Il y a bel et bien des variations hormonales qui influent sur notre psychisme. Comme il y en a qui influent sur celui des individus dotés de caractéristiques dites « mâles ». Car voyez-vous, nous ne sommes pas les seules à produire des gamètes sexuels dans la vie, comme nous le faisons durant des années avec notre cycle menstruel.

Dès leurs premières séménarches (soit l'équivalent des ménarches, les premières règles), les garçons mettent en branle, si je puis dire, la fabrication en continu de spermatozoïdes. Contrairement à nous, qui venons au monde avec un stock fixe d'ovocytes, nos partenaires *in crime* produisent leurs gamètes *ex nihilo* en quantité industrielle. Ils ont recours, pour mener à bien cette tâche reproductive, à un cycle hormonal quotidien avec des pics de testostérone qui sont connus pour affecter l'humeur. Il faut, nous dit-on, un cycle de soixante-dix jours pour mener à bien une cohorte de spermatozoïdes en état de marche. Que se passe-t-il dans le corps et le psychisme de nos compagnons dans l'intervalle ? À vrai dire, plein de choses. La testostérone, comme chacun sait, est impliquée dans de nombreux comportements : la puissance musculaire, la résistance au stress et même l'agressivité. Qu'il s'agisse de faire la guerre, de détruire la planète, de coloniser des peuples, de violer ou de péter la gueule à leur femme, les hommes ont fait statistiquement la preuve d'une aptitude inégalée au désastre. Et pourtant, bizarrement, personne n'a jamais l'idée de leur dire : « Dis-donc, je te trouve bien tendu tout à coup, tu serais pas en train de nous faire une overdose de spermatozoïdes ? »

Pensez-y la prochaine fois que quelqu'un vous demande si « par hasard », vous n'auriez pas vos règles.

« FAIS PAS TA PRUDE ! »

Par Lauren Malka

Journaliste, autrice et podcasteuse, **Lauren Malka** *est l'autrice de chroniques régulières pour le magazine* Causette, *d'un podcast pour l'école d'écriture Les Mots (« Assez parlé »), de deux livres et d'un film documentaire* La France aux fourneaux. Une histoire de France à travers ses pratiques culinaires. *Elle a aussi participé à l'ouvrage* Ceci est mon corps *(Édition Rageot, 2020).*

« Il y a des claques qui se perdent ! » grondait ma grand-mère quand, le dimanche midi en mangeant ma soupe, je lui racontais qu'Alex avait fait pleurer Nathalie en soulevant sa jupe devant toute l'école. Comment réagirait-elle aujourd'hui si je poursuivais le récit des actes de ces « caïds » de 7 ans devenus grands ? Car, oui, comme elle le devinait à l'époque, certains d'entre eux n'ont pas reçu la correction qu'ils méritaient et continuent, une fois adultes, à se bidonner en prenant les filles pour cible. Comme les héros d'un navet, type Aldo Maccione, personne n'ose leur dire qu'ils sont passés de mode.

Attention… action ! Paris, 2018. Nous sommes dans une maison de production télé : un monteur (Pierre[1]), un cadreur (J.-B.), et une autrice (moi). C'est la pause déjeuner, nous terminons nos sushis, tous trois scotchés au même écran d'ordinateur, apportant les dernières retouches au montage d'un reportage sur lequel nous travaillons depuis près d'un an. L'équipe s'entend bien, le travail touche à sa fin. Le quatrième larron, Vincent, qui réalise le film, ne va pas tarder à nous rejoindre pour planifier les dernières étapes : l'écriture et le tournage de la scène finale, à Lille. L'ambiance n'est pas encore à la fête, mais c'est la dernière ligne droite. Le moment où jamais, pour le producteur à l'initiative du film, que l'on appellera Virgile, de nous encourager. Cela tombe bien, le voilà qui entre dans la pièce, chose rare. Je me demande toujours quel est son rôle dans l'affaire, d'ailleurs, lui qui n'est jamais disponible pour commenter nos choix artistiques. À part rogner sur le budget, je ne vois pas. Mais peut-être a-t-il décidé de se rattraper, écoutons-le. L'air pressé, ne quittant pas son carnet

1. Les prénoms ont été inventés.

des yeux, il nous demande qui se rendra à Lille la semaine suivante. Le cadreur lui répond qu'a priori nous nous y rendrons tous les trois. Lui, Vincent et moi. Le producteur note nos noms, avec ce petit air supérieur de celui qui pourrait, en un rien de temps, décider d'annuler tous nos plans. Puis, sans me regarder, il me pointe du menton. Je travaille pour lui depuis un bail, mais il a toujours l'air d'hésiter sur mon prénom : « Euh… Lauren, je suppose que je te prends une chambre double avec Vincent ? Ou tu préfères J.-B. ? ». Il esquisse un début de sourire en poussant un coude imaginaire, cherchant la complicité du cadreur et du monteur qui, tous deux un peu interdits, baissent la tête en ricanant. Moi ? Je ricane aussi. Il faut bien dire que c'est tordant. Un patron qui me prend pour une prostituée, ça a toujours été l'un de mes gags préférés. L'air affairé, il tourne les talons, à deux doigts de relever le col de sa chemise comme un braqueur qui aurait réussi son coup. Et… Coupez !

Deux ans plus tard, je m'interroge. Pourquoi cette mauvaise « blague » ne passe-t-elle toujours pas ? Pourquoi ai-je ri publiquement alors que je m'effondrais intérieurement ? Comment expliquer cette paralysie de l'esprit, cette autocensure mécanique ? N'était-il pas légitime de se révolter ? Nous sommes nombreuses à préférer rire avec les rieurs, quitte à ravaler notre rage, au lieu de la retourner à l'envoyeur ! Quelques exemples au hasard, cueillis au fil de conversations avec d'autres femmes de tous âges : Audrey, restée abasourdie lorsqu'un serveur lui lance qu'il n'a plus assez de chaises et qu'elle doit se mettre à genoux « pour le plus grand plaisir des clients ». Magalie, souriante et aimable lorsqu'un passant lui signale qu'il a « perdu sa chatte » et qu'il adorerait qu'elle la remplace.

Quels points communs relient ces histoires ? Aussi grossiers et basiques soient-ils, Virgile et les autres ont tous eu recours aux mêmes procédés rhétoriques pour nous réduire au silence : le sexisme « à l'ancienne » et « l'immunité comique ». « C'est vieux comme le monde, me dit Mariette Darrigrand. Et c'est en partie pour cette raison que vous avez toutes eu tant de mal à répondre. » Pour cette chercheuse, inspirée par le philosophe Austin, le langage est un théâtre dont la mise en scène revient à l'énonciateur. C'est lui qui compose la pièce et en assigne les rôles. « Dans les cas que vous me décrivez, il s'agit de mises en scène incroyablement désuètes. Les femmes y sont ramenées à un *topos* sexuel ancestral : des marchandises ou des libertines. Ayant été élevées dans une société postclichés, vous ne pouviez vous attendre à devenir les actrices malgré vous d'une telle rémanence du passé. La prochaine fois, vous ne serez pas prises au dépourvu et peut-être pourrez-vous alors reprendre les rênes en devenant à votre tour metteuses en scène de ce théâtre ! »

Deuxième astuce, pour Virgile et les autres : « le prétexte humoristique » utilisé comme carte d'immunité. Pour Bergson, philosophe du rire, toute mise en scène comique a pour fonction première d'« intimider en humiliant » et repose donc sur une part de cruauté. Or, le « rieur » est favorisé : sous prétexte d'« humour » il se permet de s'affranchir des règles sociales, du respect le plus élémentaire. L'« immunité » du blagueur en somme. Si, en plus, son statut de « leader » (souvent le cas des hommes dans notre société) lui permet d'attirer des complices, et de s'en prendre à une cible isolée (par exemple, une femme), il peut alors devenir un vrai petit monstre. Si le personnage « risible » cherche à se relever ou à riposter au premier degré, la charge accusatrice se retournera contre lui.

On lui reprochera de manquer d'humour et on s'amusera une deuxième fois de le voir s'enfoncer. C'est le fameux: « Ça va! On rigole! » Dans le cas des blagues sexistes, ce mécanisme est particulièrement pervers. Déjà réduites à leur sexualité, les femmes risquent, en ripostant, de verser dans l'« hystérie » qu'on leur reproche si souvent. Cherchant à échapper aux clichés auxquels on les a assignées, elles s'y enlisent alors d'elles-mêmes une seconde fois. En un mot, l'affaire est pliée. Nos gentlemen braqueurs peuvent sortir de la pièce sans se retourner, en raflant le double de ce qu'ils avaient misé.

Pas si vite. Si l'on rembobinait la scène pour changer la fin? Jusqu'à présent, analyse la vidéaste spécialiste de psychanalyse Emmanuelle Laurent, les femmes étaient isolées, chacune de leur côté, contraintes de n'exister qu'une par une. C'est ainsi que l'on peut interpréter la phrase de Lacan « la femme n'existe pas ». Contrairement aux hommes, elles ne se conçoivent pas en « groupe », ne forment pas de « catégorie ». Cette notion est-elle en train d'évoluer? Emmanuelle Laurent reste prudente sur la question.

De mon côté, je me suis bien entourée. Deux ans plus tard, j'entre donc à nouveau en scène escortée par de grandes figures féminines. De Louise de Vilmorin à Blanche Gardin en passant par Madame de Sévigné, les femmes célèbres pour leur répartie ont égrené au fil des siècles de précieux conseils qui doivent nous accompagner à vie.

Par exemple, sous l'égide de grandes juristes comme Gisèle Halimi, je sais désormais que le droit est une arme qu'il faut garder à portée de main et que, depuis 2018, les « blagues » citées plus haut forment des infractions réunies sous le terme « outrage sexiste », passibles d'une amende ou, encore plus drôle, de peines complémentaires comme l'obligation d'accomplir un stage de lutte pour l'égalité. J'imagine déjà mon ancien patron recopier cent fois sur une feuille : « Moi, Virgile, 45 ans, ne dois plus regarder sous les jupes de mes employées... »

À l'image de Virginie Despentes, je sais aussi qu'on peut décontenancer son adversaire en allant encore plus loin que lui. « OK, Virgile, prends une chambre pour nous trois... et rejoins-nous, la partouze commence à 20 heures. »

Ou encore, telle Sarah Bernhardt, je peux me référer à un proverbe (existant ou non) pour faire sentir sa balourdise à mon assaillant. « Tu connais le dicton, Virgile ? » (« Non », répond-il d'un air imbécile.) « Le syndrome du frustré, c'est de parler de sexe à celles qu'il n'aura jamais. »

Enfin, comme Joséphine Baker, je peux prendre un air sincèrement désolée, voire affligée. « Un conseil, Virgile. Laisse tomber avec les filles, tu ne sais pas leur parler. Par contre, paye-les, ça peut marcher. Opte pour une carrière de proxénète. Il ne te manque plus que la Rolex, le peignoir en soie et le chapeau à paillettes... » Le voilà à terre, habillé pour l'hiver. S'il gémit encore, offrez-vous le plaisir de lui lancer une pichenette finale (« courage, Tony Soprano ! ») avant de vous tourner vers l'assemblée (réelle ou imaginaire) et de passer à autre chose, l'air de rien.

Désormais, le théâtre vous appartient. Guerre des sexes ? Peut-être... mais sur notre terrain, avec les armes du verbe et sans les mains ! Je croyais qu'on était là pour jouer... Si on n'a même plus le droit de rigoler !

« LAISSEZ-MOI VOUS AIDER À PORTER VOS AFFAIRES »

Par Marie Kirschen

Marie Kirschen est journaliste. Ancienne rédactrice en chef web des *Inrockuptibles*, elle a fondé la revue lesbienne *Well Well Well*. Au printemps 2019, elle lance avec deux autres journalistes *Le Deuxième Texte*, un podcast dédié aux textes féministes. Depuis septembre 2019, elle intervient régulièrement dans l'émission « Pas son genre », l'hebdo de Giulia Foïs sur *France Inter*.

Une pastèque. Il suffit, souvent, de bien peu de choses pour révéler le ridicule de la galanterie.

Nous sommes en août 2009. Je suis alors étudiante, en stage dans un journal du sud de la France. Je loue une chambre chez un couple assez âgé. Été provençal oblige, la chaleur est suffocante. Lors de mes courses à la supérette du coin, je décide donc de m'acheter une belle et énorme pastèque. Et lourde, terriblement lourde… Mais il en faut bien plus pour me faire renoncer à mon festin de cucurbitacée délicatement sucrée.

Sur le chemin du retour, j'ai les bras un peu chargés – mais rien de trop pénible. Alors que j'arrive devant le joli pavillon où je réside, mon logeur, sur le pas de la porte, se précipite à ma rencontre. Il veut absolument porter la pastèque. Je proteste : je me débrouille très bien toute seule ; il n'y a pas de raison qu'il se fatigue. Mais mon refus est visiblement irrecevable et le vieil homme m'arrache tout simplement la pastèque des mains.

Au moment où le poids du fruit passe sur ses bras, je vois son visage changer d'expression – il n'avait pas conscience que le merveilleux melon d'eau était si lourd. Il tente d'avancer, péniblement, vers la maison. Les muscles de son cou sont tendus, comme sur le point de rompre. Sa peau vire au rouge, son souffle est court. Je retiens le mien : j'ai réellement peur qu'il fasse un malaise. Ou pire. Heureusement qu'il ne reste que quelques mètres jusqu'à la table de la cuisine…

Ce jour-là, j'ai vraiment cru que la galanterie allait causer la mort d'un octogénaire. La scène était d'un ridicule fini. Pourquoi un vieil homme s'impose-t-il de porter un tel poids alors que la personne qu'il souhaite aider est physiquement bien plus en forme que lui ? Il est un homme, je suis une femme. La loi du genre a ses raisons que la raison ignore…

Je ne compte plus les fois, à travers les années, où des hommes se sont précipités pour porter mon sac à ma place. C'est cet inconnu qui veut saisir ma valise à la gare ou cet ami qui se précipite pour tenir la porte. Quoi de plus charmant, me direz-vous ? Voilà des hommes bien intentionnés qui souhaitent seulement m'aider.

Le problème, c'est que : j'ai des bras. Je n'ai peut-être pas d'énormes biceps, mais ils remplissent tout de même fort bien leur office. Pourquoi venir à mon secours alors que je n'en ai tout simplement pas besoin ? Les femmes doivent-elles vraiment être sauvées de l'effroyable tâche de porter leurs courses ou de pousser une porte ? En accourant dès que celles-ci soulèvent un objet de plus de deux kilos, les chevaliers zélés contribuent à enfermer la gent féminine dans un rôle d'être faible et impotent, qui doit être protégé (du terrible calvaire de solliciter ses muscles).

Les défenseuses et défenseurs de la galanterie sont de bien mauvaise foi quand ils la présentent comme un acte complètement désintéressé. Ce « sexisme bienveillant » permet au porteur intempestif de sacs, tout bien intentionné qu'il est, de se sentir indispensable, puissant, valorisé. Bref, dominant. La femme ainsi aidée lui devient redevable, ne serait-ce que d'un « merci ». Car la galanterie est aussi (surtout ?) une affaire de séduction. On sait que les galants le sont d'autant plus lorsque la fille est jeune et jolie…

Alors que répondre à ceux qui s'empressent de saisir votre sac, si cela vous ennuie ? La configuration est d'autant plus embêtante que les inopportuns se vivent comme des gentlemen et attendent de chaleureux remerciements. Personnellement, je n'ai qu'un regard noir à leur offrir. J'ai ce genre de situations en horreur. Parce que je me débrouille très bien seule, et que je déteste la dynamique de pouvoir malaisante dans laquelle je me retrouve coincée. Je n'ai pas envie de dire merci pour quelque chose dont je n'avais pas besoin et qui me fait sentir comme une pauvre petite chose.

Pendant longtemps, je me suis pourtant contrainte à rendre en retour un « merci » et un sourire. Parce que je m'y sentais obligée. Parce que c'est ce qu'on attendait de moi. Parce qu'ils n'auraient pas compris mon agacement. Parce que cela semblait plus simple. Mais aujourd'hui, je n'ai plus la patience, ou la force peut être, de jouer la comédie. Alors, il faut savoir qu'on peut très bien les envoyer paître. Leur lâcher un « non merci » glacial. Ils ne vont pas apprécier, mais, après tout, est-ce à nous, encore une fois, de protéger leur susceptibilité alors qu'ils n'ont même pas imaginé que nous pourrions, nous aussi, en avoir une?

On pourra aussi leur répondre qu'on préfère largement la politesse à la galanterie. La galanterie cible les femmes alors que la politesse concerne tout le monde. Pas de schémas genrés, pas de fragilité féminine supposée, pas de drague implicite. Nous pouvons toutes et tous être poli·es, et aider une personne, si elle en a besoin, quel que soit son genre. On pourra donc expliquer à celui qui se propose de porter nos affaires que nous nous débrouillons très bien seule avec notre petite valise, mais que l'homme là-bas, qui croule sous les paquets, aurait sans doute besoin d'un coup de main. Parce qu'un homme devrait pouvoir en aider un autre sans que cela remette en cause sa virilité. Qu'une femme devrait avoir la possibilité d'en faire autant. Et qu'elle devrait, aussi, être libre de porter tranquillement ses courses sans qu'un octogénaire se sente obligé de faire un test d'effort sans surveillance médicale. Tout simplement.

« ATTENDS, JE VAIS T'EXPLIQUER... »

Par Pauline Harmange

***Pauline Harmange** est autrice et militante féministe. Elle écrit sur le blog* Un invincible été, *et a publié en 2020* Moi les hommes, je les déteste, *un court essai dans lequel elle défend la misandrie comme une manière de faire place à la sororité ainsi qu'à des relations bienveillantes et exigeantes. Publié initialement aux Éditions Monstrograph, puis menacé d'interdiction, il est désormais disponible aux Éditions du Seuil.*

Intérieur nuit. Un dîner somme toute fort banal. Parce que je sais être une hôtesse hors pair quand je le veux, j'ai préparé une petite salade pour accompagner le hachis Parmentier, oh rien d'extravagant, mais une petite salade ne serait rien sans une bonne vinaigrette.

Je sors le petit hachoir aux lames spéciales pour l'émulsion, je hache ma petite échalote, tout se passe bien. Et voilà qu'un de mes invités, armé de toute sa mâle assurance, se dirige vers moi et me dit, un sourire aimable accroché aux lèvres : « Attends, je vais t'expliquer comment on fait la vinaigrette. »

Bruit de vinyle qui scratche sur la platine, arrêt sur image. Regard caméra de la protagoniste, voix off.

Je suis une très bonne cuisinière. Il se trouve que je maîtrise, voilà : vous pouvez me laisser en cuisine avec vos vieux restes tout mous et un fond de moutarde, il est fort probable qu'à la fin de mes expériences on se régalera tous ensemble dans la joie et la bonne humeur. Autant vous dire qu'il y a des techniques de base que je peux exécuter les yeux fermés. Ça vient avec le packaging. Ça vient aussi du fait que je suis une femme et que j'ai appris très tôt à cuisiner, pour pouvoir me nourrir toute seule comme une grande. Les œufs, les pâtes, les assaisonnements… Et le café, aussi. On m'a souvent répété qu'une fille qui sait faire un bon café est enfin bonne à marier. (On peut se questionner sur la pertinence de cette blague rabâchée à partir de la préadolescence, mais on ne va pas casser l'ambiance dès maintenant, si ?)

Alors vous imaginez bien que la vinaigrette, bon. Trop fastoche.

Je me souviens très précisément des deux moments cruciaux dans ma formation de femme où j'ai appris à faire la vinaigrette. J'ai eu cette chance deux fois, eh oui, j'insiste pour bien montrer que ça va, c'est bon, je gère, j'ai mon diplôme de la bonne ménagère. Petite, mon grand-père paternel m'a montré comment émincer ail et échalotes très très fins, et comment mélanger très très fort l'huile et le vinaigre. Et quand j'ai choisi la filière L au lycée, lors de la dernière année de physique-chimie de toute ma vie, on m'a enseigné le principe d'émulsion, j'ai donc compris comment marchait physiquement la vinaigrette. En L, on a aussi appris à faire du savon et de la mayonnaise – les classes littéraires sont majoritairement composées de filles, je vous laisse relier les points.

Qu'est-ce qui peut bien se passer dans la tête d'un homme qui décide de se lever de sa chaise pour la première fois de la soirée, non pas pour filer un coup de main en cuisine ou pour remplir la carafe d'eau, mais pour apprendre à la cuisinière à faire la vinaigrette ? Est-ce que je viens réellement de me faire *mansplainer* la vinaigrette ?

Je vous avoue que je suis un peu ébahie par l'audace du type. (Je ne sais pas pourquoi je me laisse toujours ébahir, je devrais être habituée maintenant… Mais même si je n'attends jamais rien, je suis quand même souvent déçue.) C'est tellement absurde, et pourtant je vois dans son regard qu'il est parfaitement bien intentionné, qu'il pense réellement qu'il peut m'aider, que j'ai besoin de lui. Grâce à son savoir inestimable, mon honneur sera préservé, le dîner sera sublimé, la fête sera réussie, la foule en liesse.

Oh mais il ne pense pas à mal, me dit une petite voix sympa dans un coin de ma tête. Laisse tomber, on a dit qu'on casserait pas l'ambiance ! Alors oui, moi je veux bien être sympa, mais il faudrait voir aussi à ne pas trop se moquer de moi.

J'ai plaqué un sourire glacial sur mon visage de marbre et j'ai répondu : « Ça va, je pense que je sais faire, merci. » Malheureuse ! Cette politesse froide, ce petit je pense et ce merci : que de portes ouvertes où l'homme condescendant s'est empressé de s'engouffrer ! Les hommes savent très bien ignorer le sarcasme quand ça les arrange.

« Il faut que tu mélanges fort, mais n'oublie pas la moutarde, sinon ça ne fera pas d'émulsion », a-t-il ajouté avec bonhomie. Mon prof de physique-chimie en PLS sous sa paillasse.

L'actrice aux quatre Oscars qui sommeille en moi se réveille. Je me tape le front et éclate d'un rire niais. Ah ah ah ! Mille mercis ! Heureusement que tu es là, mon ami, j'ai failli remplacer la moutarde par des graviers ! Fioulala, on a eu chaud, quel soulagement !

Ah, enfin, mon invité se sent penaud. Il a un rire un peu gêné. Ah ah, non mais tu vois. Oui, je vois très bien, mon petit monsieur, je ne suis pas dupe. Je continue à émincer mon échalote tranquille, et le mec retourne s'assoir. Bon, la prochaine fois j'essayerai de lui coller tellement la honte qu'il se sentira obligé de faire la vaisselle.

Le *mansplaining*, ce n'est pas seulement un homme qui m'explique comment faire la cuisine sans que je lui ai demandé ni son avis ni son aide.

Contraction de *man* et de *explaining* et traduisible en français par le néologisme « mecsplication », cette pratique est le plus souvent inconsciente chez nos amis masculins. L'autrice féministe Rebecca Solnit décrit le phénomène comme « un mélange d'ignorance et d'excès de confiance en soi[1] ». Le *mansplaining*, cet art tout masculin d'expliquer aux femmes de manière condescendante des choses qu'elles savent déjà très bien, c'est une façon pour les hommes de briller en société à moindre coût. C'est la dorure cheap qui recouvre la breloque en toc un peu trop voyante : il suffit de gratter du bout de l'ongle pour voir que ça ne tient pas deux minutes. Si on peut faire passer une femme pour une imbécile au passage, pourquoi se gêner ? C'est tellement facile.

On peut se retrouver victime de *mansplaining* dans des situations plus frustrantes qu'une vinaigrette ratée. Dans le milieu professionnel, une amie experte en communication numérique s'est vue expliquer le SEO (l'optimisation du référencement par les moteurs de recherche) par son client. Lequel, certes créateur de sa boîte, n'était pourtant pas particulièrement calé sur la question. Tous les jours, des militantes féministes se font expliquer comment mener leur lutte et organiser leurs actions par des hommes qui n'ont jamais approché une association et ne connaissent rien aux problématiques rencontrées.

On est souvent prise de court face à tant d'audace et de médiocrité confondues. Dans un monde idéal, les hommes se prendraient en main et arrêteraient de vouloir passer pour plus malins qu'ils ne sont. Parce que ce sont de belles qualités, savoir écouter pour apprendre de l'autre, et savoir reconnaître qu'on ne sait pas. Mais dans notre monde

1. Rebecca Solnit, *Ces hommes qui m'expliquent la vie*, Éditions de l'Olivier, 2018.

encore tristement patriarcal et sexiste, quelques pistes à garder sous le coude :

1) Poser des questions qui confrontent le **mansplainer** *à son comportement*

Quelle expertise avez-vous sur ce sujet ? Est-ce que vous vous rendez compte que vous n'avez fait que répéter ce que je viens de dire ? Quelles sont vos qualifications pour m'expliquer mon propre vécu ?

2) Former une coalition féminine

Si le *mansplaining* est courant dans votre milieu professionnel, associatif ou familial, parlez-en entre femmes : ensemble, on est plus fortes ! Cela peut vous permettre de vous soutenir dans une conversation qui tourne au *mansplaining*, voire même d'organiser une intervention pour confronter les coupables et réclamer plus de considération.

3) Pratiquer l'indifférence

Si le *mansplainer* semble plus obtus que la moyenne, et si vous avez tout simplement la flemme : n'hésitez pas à ignorer royalement sa contribution à la conversation. Après tout, on est en droit d'ignorer ce qui n'apporte rien de constructif et d'intéressant. Et il y a peu de choses qui énervent plus les hommes condescendants qu'être ignorés par des femmes brillantes.

« MAL-BAISÉE ! »

Par Ovidie

***Ovidie** est réalisatrice de fictions et de documentaires. D'abord issue du mouvement féministe pro-sexe, elle se prononce dès la fin des années 1990 en faveur d'une pornographie féministe. Dès l'âge de 19 ans elle réalise pour* Canal+ *une série de fictions pour adultes. Elle prend ensuite ses distances avec ce mouvement et se tourne à partir de 2010 vers la réalisation de documentaires TV (*France 2, Arte*) et radiophoniques (*France Culture, Nouvelles Écoutes*). Sélectionnée en 2018 pour le Prix Albert Londres, elle reçoit la même année le Prix Amnesty International. Elle est titulaire d'un doctorat de Lettres et enseigne les écritures documentaires. Ses sujets de recherche sont l'intimité politique et les questions de genres et sexualités.*

En voilà une curieuse insulte. Pourtant, nous l'avons toutes entendue au moins une fois, généralement dans des situations d'opposition face à un homme ou un groupe d'hommes. La mal-baisée, c'est la rabat-joie, la pisse-froid qui met une mauvaise ambiance en soirée. C'est celle qui défie le pouvoir surtout, celle qui ne se laisse pas faire, qui revendique, qui grince des dents.

L'insoumission de la mal-baisée trouverait ses racines dans sa frustration sexuelle. Il suffirait de « bien la baiser » pour que s'évapore avec sa cyprine toutes ses convictions, comme par magie. Faut-il avoir une très haute opinion de sa bite pour imaginer qu'elle suffirait à elle seule à faire taire des valeurs ou des revendications politiques. Comme si ce petit bout de chair de quelques centimètres pénétrait suffisamment profondément pour faire vibrer le cerveau et remettre toutes les idées dissidentes en place. Dans l'imaginaire – sexiste – collectif, la mal-baisée grogne parce qu'elle n'est pas suffisamment « honorée ». Elle a ses humeurs, la faute aux hormones, Simone. Elle râle parce qu'elle n'a rien d'autre à faire, puisque normalement une femme doit consacrer toute son énergie à se rendre désirable. Que de temps libre lorsqu'on s'extrait de cette injonction ! À la notion de mal-baisée s'opposerait alors celle de « bien-baisée », celle qui se conformerait à ce qu'on attend d'elle. Celle dont la valeur sociale dépendrait de son degré de baisabilité, de sa validation à travers un regard masculin et hétérosexuel. Si on suit cette logique, la bien-baisée serait celle qu'on aurait fait rentrer dans le rang à coup de bite correctif, celle qui remercierait les hommes de la maintenir à sa place. Celle qui se réjouirait comme un petit chien docile à qui on accorderait un carré de sucre.

Mais lorsqu'on traite une femme de « mal-baisée », à qui s'adresse-t-on en réalité ? À celle qui est prétendument frustrée ou à celui qui la baise mal ? On pourrait s'étonner que la personne visée par l'insulte ne soit pas celle chez qui la capacité à donner du plaisir fait défaut. Lorsqu'un homme s'agace, on ne va jamais dire de lui : « Ah tiens, lui c'est un mal-baiseur ! » Pourtant, lorsqu'une baguette est immangeable, n'accuse-t-on pas le boulanger plutôt que le client ? À qui revient la faute ? Au mauvais baiseur ou à celle qui ne parvient pas à trouver son compte dans une sexualité déceptive ? Curieusement, c'est la personne qui n'arrive pas à se contenter des miettes d'une conception archaïque du sexe qui est visée. Celle à qui on reproche de ne pas jouir uniquement par le coït et dans le temps imparti d'une érection. Bien sûr que oui, nous, femmes hétérosexuelles cis ou non, sommes des mal-baisées ! C'est bien là tout le problème ! C'est justement parce que persiste une dissymétrie que nous sommes féministes ! Et le champ des sexualités est un point central de nos revendications.

Pourtant, nous sommes nombreuses à ne pas le reconnaître, à avoir honte de cette situation. Par stratégie de survie, nous nous défendons parfois de vivre cette inégalité d'accès au plaisir : « Non, non, rassurez-vous, nous n'avons aucun problème avec les hommes. » Je serais malhonnête si je n'avouais pas avoir déjà joué ce jeu moi-même. « Je suis féministe mais j'adore le sexe, hein. » J'en suis revenue. Car dans le même genre d'idées, on a aussi le classique : « Je suis féministe mais je m'épile », instaurant ainsi une hiérarchie entre la bonne et la mauvaise militante, celle qui combine à la fois revendications et approbation masculine et celle qui fait du hors-piste avec ses poils aux pattes. Je comprends cette réaction pour l'avoir vécue, être féministe constituant déjà une forme de mise en marge de la société, on ne peut pas passer sa vie à rejeter systématiquement toutes les normes sociales. Tout simplement parce que c'est épuisant. Bien sûr qu'on peut être féministe, porter des talons et des strings, s'épiler, se plier à tous les diktats, correspondre aux normes de beauté sans avoir à se faire traiter de « collabite ». Mais on peut aussi ne pas jouer le jeu, se foutre de l'injonction à faire bander le chaland sans que cela vienne invalider les stratégies de chacune.

Alors comment réagir lorsqu'on se fait traiter de « mal-baisée » ? Cela dépend du cas de figure, de l'éventuelle situation de danger dans laquelle on se trouve. On peut déjà commencer par avoir conscience des racines sexistes de l'insulte afin d'être le moins heurtée possible par cette attaque. Parfois mieux vaut se taire plutôt que de risquer une agression sexuelle punitive. Mais lorsqu'on ne craint pas pour son intégrité physique, on peut répondre par un « oui, et alors ? » Si on se sent suffisamment motivée et en sécurité, on peut faire un peu de pédagogie : « Oui, je suis mal baisée, comme 78 % des françaises qui éprouvent parfois des difficultés à atteindre l'orgasme, comme 62 % des femmes qui simulent[1]. » Ou encore : « Oui, je suis mal baisée parce que la majorité des représentations sexuelles dans notre environnement culturel se résument au coït. Je suis mal baisée *parce que notre conception de la sexualité est intégralement phallocentrée, elle commence avec l'érection et s'achève avec l'éjaculation. Je suis mal baisée parce que l'extrême majorité des hommes ferment boutique après avoir terminé leur petite affaire. Je suis mal baisée parce que les hommes hétérosexuels baisent tous seuls.* Bien sûr que toutes les femmes hétérosexuelles ont déjà

1. Étude Ifop, « #TASJOUI ? : Enquête sur le *gap orgasm* entre hommes et femmes », février 2019.

fait l'expérience de la mal-baise. Et elles ne devraient pas en avoir honte, car il ne s'agit pas de leur échec à elles. Si elles sont mal baisées, ce n'est pas parce qu'elles sont mal baisables. C'est parce que l'ensemble de leur environnement social et culturel crée un climat propice à cette mal-baise. C'est parce que le plaisir des femmes a toujours été considéré comme optionnel et non comme condition *sine qua non*.

Aussi, je crois que si je fondais un jour un mouvement politique je l'appellerais « Les Mal-Baisées », je ne comprends pas que personne n'y ait songé plus tôt. Parce que finalement c'est bien ce qui fait le lien entre toutes les femmes hétérosexuelles. C'est pourquoi je lance cet appel à toutes : mal-baisées de tous les pays, unissez-vous !

« TU DOIS ÊTRE UNE PANTHÈRE AU LIT ! »

Par Kiyémis

***Kiyémis** est une blogueuse, autrice et poétesse afroféministe, engagée contre le sexisme, le racisme et la grossophobie. Elle a publié un recueil de poèmes* À nos humanités révoltées *(Éditions Métagraphes, 2018), inspiré par les écrits de Maya Angelou, Audre Lorde et Léonora Miano.*

« Tu dois être une panthère au lit ! »

Voici l'une des phrases les plus couramment entendues par les femmes noires, notamment à l'heure des applications de rencontre. Elle peut bien sûr être associée à la fameuse : « Je n'ai jamais couché avec une Black. »

Cette phrase m'a fait de nombreuses fois regarder mon écran – ou mon interlocuteur – les yeux écarquillés, me demandant ce que cette personne attendait de moi. Devais-je applaudir ? Devais-je surenchérir en répondant que, « oui, je suis une vraie bête sauvage qui découpe du bison au petit déjeuner » ? Devais-je partir dans une envolée écolo-sexy-malaisante à base de minou et d'espèce en danger ?

Imaginez un peu, pour celles qui ont la chance de ne jamais avoir entendu ce genre de propos. Imaginez qu'on vous dise cela alors que vous avez déjà de l'expérience sexuelle, ou au contraire qu'on vous dise cela alors que vous connaissez vos tout premiers émois érotiques, et que vous n'avez pas encore d'expérience… Enfin, imaginez-vous en train de scroller tranquillement sur Tinder, et paf ! Vous voilà réduite à un félin vorace. Personne n'a jamais dragué une femme blanche en disant : « Waouh, alors toi, tu dois être une vraie louve du Périgord au lit. » Et encore heureux.

Ces mots sont souvent prononcés sur le ton de la blague. Parfois même, la personne qui vous balance ce cliché pense bien faire. Elle croit peut-être rendre hommage à votre libido, sur laquelle elle projette des fantasmes. Elle espère peut-être un moment fabuleux à vos côtés. Elle vous lance un défi. Mauvaise idée ! Non seulement ces clichés et fantasmes sont assez sexistes, mais ils sont également racistes.

Pourquoi ?

Ce rapprochement entre les femmes noires et un supposé côté animal, surtout pour évoquer leur sexualité, ne date pas d'hier. À l'époque de la colonisation et de l'esclavage, les esclavagistes des XVIIe, XVIIIe et XIXe siècles ont mis en œuvre toute une entreprise d'animalisation pour justifier les actions commises contre les corps noirs, féminins et masculins. Elsa Dorlin, professeure à l'université Paris-VIII, décrit dans son livre *Matrice de la race* comment a été construite l'idée selon laquelle les femmes noires étaient censées avoir une libido bien plus importante que les femmes blanches et européennes. Ce préjugé, faux et raciste, a été utilisé pour justifier la « sauvagerie » des femmes africaines (et aussi caribéennes). Le regard européen de l'époque a considéré que certaines formes du corps, certains habillements étaient associées à des caractéristiques mentales, bien souvent en défaveur de celles et ceux qui étaient décrits et objectivés.

De la même manière, ces clichés continuent à hanter et alimenter une fausse image des femmes noires, africaines et antillaises.

Est-ce que cela veut dire pour autant que votre ex-futur crush a conscience de tout ceci ? La réponse est souvent négative. En effet, toute notre bibliothèque érotique est alimentée par des objets culturels, des images, des séries, des films, ou encore des clips vidéo. Il est parfois difficile de se rendre compte à quel point nos goûts, nos préférences sexuelles sont déterminés au contact de l'extérieur, selon le milieu dans lequel on grandit et les images qui peuplent notre quotidien. Et malheureusement dans la culture populaire, les femmes racisées, et particulièrement les femmes noires, sont réduites à leur physique et à leur couleur de peau. Il n'y a qu'à voir comment les femmes noires sont catégorisées sur les sites porno.

Il ne faut pas oublier non plus que l'apprentissage de l'histoire coloniale reste relativement limité. Faute de temps suffisant en classe, faute de volonté politique de la part de ceux qui conçoivent les programmes : il y aurait plusieurs explications à ce manque. Toujours est-il que le diable se cache dans les détails, et ce petit « détail » qu'est la construction des clichés autour du corps des femmes noires est très peu approfondi en général.

Que faire, alors, quand on est la cible de ce type de remarques ? Difficile d'avoir une réponse arrêtée.

Tout d'abord, cela dépend du contexte : si celui-ci n'est ni amoureux, ni romantique, ni de drague mutuelle, ces mots doivent être accueillis par une réponse bien sentie (« de quoi je me mêle ? », « tu me mets mal à l'aise »), voire même par un silence glacial. Ces mots étant souvent accompagnés de blagues salaces ou lourdes, il est important de rompre le lien de complicité avec celui qui les prononce. Comme dirait Marie Dasylva, coach stratégique et fondatrice de l'agence Nkaliworks, il est bien temps que la honte change de camp. C'est en refusant de mettre à l'aise l'interlocuteur que l'on peut, parfois, couper court à ce genre de remarques. Sur son lieu de travail, on a autre chose à faire qu'expliquer l'histoire coloniale de l'animalisation des femmes noires. Libérons-nous des rires polis, assumons les silences gênants !

Quand on est dans une démarche de séduction, lors d'un rendez-vous ou d'une conversation, il est important de le dire : on n'a pas forcément envie de casser l'ambiance. On a envie de séduire et de plaire, mais cela ne doit pas être une excuse pour tolérer ces petites phrases qui nous mettent mal à l'aise. Le contexte du *date* et de la séduction ne devrait pas être synonyme d'assentiment silencieux des femmes, et encore moins de celui des femmes noires.

Par cette remarque, la personne en face de vous donne un indice, conscient ou inconscient, sur sa manière de se représenter le monde, et les femmes noires. Il faut y être vigilante. Vigilante, ça peut aussi vouloir dire ne pas laisser passer ce genre de propos parce que l'on veut construire une nouvelle manière de draguer. Vigilante, ça veut aussi dire être en capacité de savoir ce que l'on est prête à accepter ou non. Poser des limites. On n'apprend pas cette manière de réagir aux femmes, encore moins aux femmes noires. Au contraire, faire attention à la manière dont on parle de nous, de nos corps, de nos libidos, signifie souvent être « chiante » ou « faire des histoires pour rien ».

Être vigilante ne veut pas forcément dire qu'on a envie de perdre son temps en éducation. Un *date*, ce n'est pas le meilleur moment pour un cours d'histoire du colonialisme.

Il est important de le dire : la pédagogie, ce n'est pas 24/7. On peut aussi s'en aller, refuser d'interagir et clore la discussion.

Nous avons le droit de dire « non » à ces phrases qui véhiculent des clichés plus vieux que nos arrière-grands-parents. Qu'importe la tonalité du « non », qu'il soit doux et accompagné d'explications, qu'il soit plus ferme et plein de colère, ou qu'il flotte dans un silence.

Car tous ces « non » ne sont pas des fins en soi, bien au contraire.

Ce sont des « non » qui construisent un futur dans lequel les sexualités, les libidos et nos lits seront enfin libérés de ces carcans et de ces clichés poussiéreux.

« VOUS, C'EST SÛR, VOUS AVEZ L'INSTINCT MATERNEL »

Par Amandine Dhée

***Amandine Dhée** est écrivaine et comédienne. L'émancipation, notre rapport à autrui et à notre environnement de vie sont les thèmes récurrents qui marquent son travail. Elle est l'autrice de* La Femme brouillon *(Éditions de La Contre Allée, 2017), dans lequel elle met en scène sa propre expérience pour subvertir les diktats liés à la maternité dans notre société actuelle, et d'*À mains nues *(Éditions de La Contre Allée, 2020), dans lequel elle explore la question du désir et offre une réflexion sur la représentation des femmes dans l'imaginaire collectif.*

Si vous entendez cette phrase, c'est que vous venez de faire un truc sympa. Peut-être avez-vous libéré une araignée au lieu de l'écraser d'un coup de pantoufle, proposé une aspirine à votre collègue Hervé qui se plaint d'une migraine depuis ce matin ou passé la soirée à écouter votre amie Sandra suite à une énième rupture amoureuse.

On ne va pas se raconter d'histoire : ce n'est pas la première fois que vous êtes attentionnée. Régulièrement, vous cherchez à faire plaisir, témoignez votre sollicitude, rendez des services.

Il fallait s'y attendre. Un beau jour, le diagnostic tombe : vous, c'est sûr, vous avez l'instinct maternel.

Vous dévisagez d'abord la personne en face de vous d'un air interdit. Qu'est-ce que cela signifie, au juste ? Tout simplement que, puisque vous êtes une femme et que votre nature profonde est de prendre soin des autres, eh bien vous êtes faite pour être mère.

Permettez-moi de vous féliciter. Toutes les femmes ne sont pas de cette étoffe, loin de là. Personne n'aurait l'idée de saluer l'instinct maternel de votre collègue Colette, qui vient d'envoyer paître Hervé et son mal de crâne, ou de Sabine, votre cheffe de service carriériste et ultra-autoritaire (= elle donne des ordres à son équipe).

Non, tout le monde n'a pas ce don. Petite veinarde !

Quoi, que dites-vous ? Avoir un enfant ne fait pas partie de vos projets ? Cela risquerait de compromettre l'organisation de vos week-ends de kitesurf ? En plus votre frère a déjà des enfants, c'est super d'être tata. Le plaisir des enfants sans les nuits bousillées ! concluez-vous en rigolant.

Votre sourire s'éteint rapidement face au regard réprobateur de la personne en face de vous. Toute cette gentillesse gaspillée, c'est dommage, quand même. Et puis l'humanité ne s'est pas perpétuée avec des compétitions de kitesurf, petite écervelée. Réfléchissez bien… Plus tard, vous regretterez cet égoïsme. Ça vous fera un manque, affirme cette personne qui ne sait même pas si vous préférez la mer ou la montagne, ni la quantité d'eau que vous mettez dans votre pastis. Non, ne le prenez pas mal, c'est pour votre bien qu'on vous dit ça. Être une femme, c'est avoir la chance de bénéficier de conseils d'experts tout au long de sa vie.

Quoi, que dites-vous ? Vous avez un désir d'enfant ? Dans ces cas-là, tant mieux si vous avez l'instinct maternel, ça peut toujours servir. Et puis c'est vrai que déjà, quand vous étiez petite et que vous nourrissiez votre éléphant en peluche avec une coquillette trouvée sur le carrelage de la cuisine, les adultes vous regardaient, attendris, *une vraie petite maman !*

Avançons dans le temps, si vous le voulez bien. Cette fois, nous y voilà, je vous retrouve dans la chambre d'une maternité. Vous tenez dans vos bras un bébé dont vous êtes vraisemblablement la mère. Oui, ce minuscule individu, cet être humain XXS, c'est votre fille, votre fils. Vous passez beaucoup de temps à le regarder sans rien faire d'autre que vous répéter en boucle c'estmonbébéc'estincroyablec'estmonbébéc'estincroyable. Quand il ou elle se manifeste vous essayez de répondre à ses besoins, vous le câlinez, changez, nourrissez, dans cet ordre ou l'inverse, vous ne savez pas trop. À vrai dire, vous êtes un peu tendue. Parce que quand je dis « il se manifeste », en gros, ça veut dire qu'il pleure. Et un nouveau-né qui pleure, c'est… comment dire ?… Le mot « détresse » ne suffit pas. « DÉTRESSE » serait plus approprié, déjà. Il faut que ça s'arrête. Vite.

Parfois, vous trouvez les bons gestes. Le bébé se calme, vos muscles se détendent. C'est doux. C'est l'amour. Un rayon de lumière vient éclairer votre visage las et au loin un air de piano se fait entendre. D'autres fois, ça foire complètement, et le bébé pleure, pleure et repleure et cela finit par appuyer à un endroit de vous qui déclenche panique et colère. À tel point qu'il vous arrive d'imaginer balancer l'adorable poupinou par la fenêtre. Oui, vous, si douce et attentionnée, vous y avez pensé. Où donc est passé ce p… d'instinct maternel ? vous demandez-vous, hagarde. Vous en aviez plein, avant. Bien sûr, le père du bébé galère aussi, mais lui c'est différent, il n'est pas censé savoir. Vous, si.

Les premiers jours, vous êtes tellement démunie que vous appelez la sage-femme de garde à la maternité. Elle apaise votre bébé en quelques minutes, le repose dans son lit, il sourit dans son sommeil, vous vous sentez vraiment naze de ne pas y être parvenue toute seule, et vous en voulez à votre bébé de se laisser consoler par la première venue. La sage-femme se tourne alors vers vous et vous conseille de vous faire confiance. Vous êtes la mère du bébé, dit-elle, au fond de vous, vous sentez ce qui est juste pour lui. Alors vous plongez en vous mais vous ne sentez toujours rien, à part votre utérus comme un ballon de baudruche. Aucune petite voix ne s'élève pour vous guider ou vous donner le mode d'emploi. Et le sol s'ouvre sous vos pieds.

Les dépressions post-partum sont fréquentes, et je me demande parfois si les femmes qui en souffrent n'attendent pas ce qu'on leur a promis depuis toujours : l'instinct maternel. Cette idée qu'elles doivent savoir d'avance, de manière innée, parce qu'elles sont des femmes.

J'ai envie de vous prendre dans mes bras. J'aimerais vous bercer, et vous chanter, sur l'air d'Anne Sylvestre, *j'aime les mères qui doutent…*

Je ne sais même pas si ça existe, l'instinct maternel. Certaines mères disent qu'elles l'ont ressenti, je les crois. Peut-être que ça vous parle, à vous aussi. Et que c'est vrai que, depuis que vous êtes petite, vous voulez des enfants. Mais vous savez quoi ?

L'instinct maternel, vous ne l'aviez pas seulement quand vous nourrissiez votre doudou à coup de coquillettes. Vous l'aviez quand vous dévaliez une pente sur votre VTT en serrant les dents, quand vous empêchiez un CM2 de piquer votre goûter, quand vous avez mis une baffe à Bertrand qui voulait vous embrasser sans votre permission. Et aussi quand vous faisiez la pitre pour faire rire vos amis. Votre enfant n'a pas seulement besoin de votre sollicitude, mais aussi de votre courage, de votre colère, de votre humour. Et de votre égoïsme aussi, parce qu'aimer quelqu'un cela ne veut pas dire lui être entièrement dévoué, ni attendre cela de lui.

Il y a un malentendu fondamental dans nos représentations. Être mère, ce n'est pas seulement prendre soin des autres, c'est aussi prendre soin de soi.

Dites, c'est le père de votre enfant, nu dans la cuisine à quatre heures du matin, qui murmure des chants chamaniques, le bébé en équilibre sur son avant-bras ? C'est beau aussi l'instinct paternel, n'est-ce pas ? Tant mieux si vous ne savez pas, ça laissera de la place à l'autre parent et à ceux et celles qui souhaiteront nouer un lien avec votre enfant.

Et puis ça lui laissera de la place aussi, à votre enfant. Rien de plus pénible que des parents qui croient savoir qui on est. Non, mon fils, ma fille, je ne sais pas qui tu es, depuis le début, je ne sais pas. Dis-le-moi, toi. Et ensemble, à coups d'expérience et d'intuition, vous raterez de mieux en mieux.

Et surtout, faites attention à vous. Parce que cette histoire d'instinct maternel, ça peut nous poursuivre toute notre vie… Lors d'une rencontre en librairie, j'ai fait la connaissance de deux vieilles dames. Elles m'ont confié leur angoisse : les vacances de la Toussaint arrivaient à grands pas, et on allait leur demander d'accueillir leurs petits-enfants… Je n'ai même pas fini mon tableau ! s'est exclamée l'une d'elle. Mais cette revendication n'était pas audible. Elle aurait l'air d'une grand-mère indigne. Et pourtant je les aime, a-t-elle ajouté. (Les femmes qui défendent leur liberté se sentent toujours obligées de préciser qu'elles aiment leurs enfants.) J'ai souri et je me suis dit que ces petits-enfants avaient bien de la chance. Certes, leur mamie ne les attend pas à chaque vacance avec un gâteau au yaourt. Mais ils ont l'occasion de voir leur grand-mère animée d'un désir de créer et de mener une vie de femme libre. Et ça, c'est bon pour eux. Je le sais, et vous aussi.

D'instinct.

« ON N'EST PAS VRAIMENT FEMME AVANT D'ÊTRE MÈRE »

Par Fiona Schmidt

Fiona Schmidt *est journaliste indépendante, autrice et militante féministe. Elle a écrit plusieurs ouvrages, parmi lesquels* L'Amour après #MeToo *(Hachette, 2018) et* Lâchez-nous l'utérus ! En finir avec la charge maternelle *(Hachette, 2020), dans lequel elle déconstruit les croyances et préjugés concernant la maternité… et la non maternité. Son dernier livre, à paraître au printemps 2021, réhabilite la figure controversée de la marâtre.*

Du plus loin que je m'en souvienne, je n'ai jamais voulu avoir d'enfant, et du plus loin que je m'en souvienne, j'ai toujours eu à justifier cette absence de vocation maternelle, comme si le privilège de faire des choix non-conformistes qui n'engagent que moi et n'empêchent personne d'en faire d'autres, ne relevait pas de la liberté individuelle mais de l'incivilité. Parmi les 8976 arguments[1] qu'on continue de me servir régulièrement, j'en ai désossé quatre, histoire que vous n'ayez plus à le faire.

L'argument : « On n'est pas vraiment femme avant d'être mère... »

On doit cette idée à Freud, le père de la psychanalyse qui voyait des pénis partout, jusque dans l'inconscient des femmes. Pour ce grand homme que l'on continue d'étudier dans les facs de psycho du monde entier, le désir d'enfant est un « souhait passif relayant le désir actif que représente l'envie de pénis ». Autrement dit, toute femme est frustrée de ne pas avoir de pénis, un enfant est un substitut de ce « manque » originel, donc toute femme désire un enfant pour avoir un pénis, et si ce n'est pas le cas, cette personne est anormale, allez hop, à l'asile.

Vous noterez que personne n'a jamais dit et ne dira jamais : « On n'est pas vraiment homme avant d'être père », pour l'excellente raison que les hommes ont DÉJÀ un pénis[2]. Puisqu'ils sont équipés de façon immuable de cet équivalent social du totem d'immunité dans *Koh-Lanta*, ils n'ont pas besoin de substitut, donc ils n'ont pas besoin d'être père pour légitimer leur existence sur Terre, donc ils n'ont pas besoin de

1. Selon la police, mais je dirais 50000...
2. Les hommes cisgenres en tout cas.

torcher les mômes ou de les emmener chez le pédiatre ou au judo, CQFD.

On en rirait volontiers si la théorie de Freud n'avait pas imprimé l'inconscient collectif, qui assigne non seulement la parentalité au genre féminin, mais conditionne aussi la conformité du féminin à la parentalité, au point que la plupart des femmes ne souhaitant pas devenir mères s'inquiètent encore d'être « anormales »… et se retrouvent, lorsqu'elles en ont les moyens financiers, à montrer leur inconscient censément défaillant à des garagistes de l'âme ayant appris au cours de leurs études que « femme qui ne veut pas de bébé = femme à réparer ». Vous le voyez le cercle vicieux ?

Le contre-argument : En France, 14 % des femmes en âge d'avoir des enfants n'en ont pas[1].

Or l'affirmation « On n'est pas vraiment femme avant d'être mère » implique que ces femmes nullipares ne soient pas vraiment des femmes. Ce processus d'altérisation, qui consiste à assigner les membres d'une minorité à leur différence, quelle qu'elle soit et qu'elle soit choisie ou non, moralise donc une donnée purement arithmétique et la transforme en modèle : de « normale », au sens où elle concerne une majorité de femmes, la maternité devient normative, et excluante. Prétendre que les femmes ne le sont qu'à moitié si elles ne sont pas mères, c'est mettre la fonction sociale (la mère) au-dessus de l'individu (la femme), c'est donc réduire les femmes à des organes reproducteurs parfaitement interchangeables. Scoop à l'attention

1. « Demain, de plus en plus de couples sans enfant ? », Centre d'observation de la société, 6 septembre 2018.

des gens coincés au Moyen Âge : ce qui fait la femme, ce ne sont pas les individus dont elle prend soin, mais son esprit, ses désirs et ses capacités qui font d'elle un individu à part entière.

L'argument: « La maternité, c'est le passage à l'âge adulte »

Parmi les mythes du patriarcat racontés aux âmes innocentes depuis la nuit des temps, celui qui indexe la maturité d'une femme sur le nombre d'enfants qu'elle a, est toujours extrêmement populaire, bien que ce nombre ait lui-même évolué dans le temps. Aujourd'hui, pour être considérée comme adulte, c'est-à-dire comme une personne responsable, une femme doit fabriquer le bon nombre d'enfants, compris entre deux et trois. N'avoir pas assez ou, pire, pas du tout d'enfant, c'est être immature; en avoir trop, c'est être irresponsable. Plus que jamais, la maturité d'une femme française tient donc à l'efficacité de son contraceptif...

Là encore, on en rirait volontiers si on n'entendait pas encore régulièrement des gens de tous âges et de tous horizons affirmer: « Les enfants, ça t'apprend la vie » ; « Devenir parents, c'est le début de la vraie vie » ; ou encore: « La vie, ce n'est pas que du plaisir, c'est aussi des responsabilités. »

Le contre-argument. Ce dernier adage postule que la parentalité est un sacerdoce, et que la contrainte et la souffrance sont beaucoup plus profitables à l'être humain que la liberté et le bien-être. Mais ça, ce n'est pas « la vraie vie », les ami.e.s: ça, c'est du masochisme hérité de notre éducation judéo-chrétienne qu'on n'est pas obligé.e de subir toute sa vie! Et puis d'abord, c'est quoi, la « vraie vie » ? L'adéquation de son mode de vie à une grille standardisée présentant un certain nombre de cases à cocher ? Ou l'adéquation de son mode de vie à un ensemble de valeurs et d'ambitions personnelles, et partant, variables d'un individu à l'autre ?

En réalité, la parentalité apprend non pas la « vraie vie » par rapport à une vie qui serait « en carton » ou indigne d'être vécue ; elle apprend certains aspects de la vie considérés comme supérieurs aux autres aspects par une population dominante. Quoi qu'il en soit, ce n'est pas parce que la parentalité concerne une écrasante majorité de la population qu'elle doit être imposée à l'ensemble de la population. L'enjeu n'est pas de comprendre, de cautionner ni de vivre l'expérience de choix différents des vôtres ; l'enjeu, c'est simplement de les accepter comme étant aussi légitimes que les vôtres.

L'argument : « Tu penses un peu aux femmes qui ne peuvent pas avoir d'enfants ? »

Cette phrase entendue par 99,5 % des nullipares volontaires est l'équivalent de « Tu penses un peu aux enfants qui meurent de faim ? » qu'on nous servait lorsqu'on ne voulait pas finir nos petits pois. Et elle n'a toujours aucun sens.

Le contre-argument : Je m'étonne que la vulgarisation scientifique ne suffise pas à faire entrer ce fait dans le crâne de celleux qui ont encore des doutes : le corps des femmes ne fonctionne pas sur le principe des vases concomitants. Le sacrifice du choix d'une femme n'a strictement aucune incidence sur le choix contrarié d'une autre : la grossesse de solidarité de celle qui ne veut pas d'enfant ne permet pas à celle qui ne peut pas en avoir de tomber enceinte. Cet argument purement moral n'a donc aucun fondement biologique : il s'agit juste d'un rappel à l'ordre normatif.

L'argument : « Tu vas le regretter… »

Il postule que le fait de ne pas être mère ne peut en aucun cas être un choix, en tout cas pas un choix rationnel, car le bonheur est conditionné par le fait d'avoir un ou des enfant(s), donc que la parentalité est systématiquement et universellement heureuse.

Le contre-argument : La maternité n'est pas toujours choisie, ce que l'image d'Épinal véhiculée par Hollywood, la pub et Instagram a tendance à nous faire oublier. Bien entendu, ce n'est pas parce qu'elle n'est pas choisie qu'elle est automatiquement malheureuse : l'idée selon laquelle le choix garantit le bonheur, pourvu évidemment que ce choix reste dans les normes, est un mythe de notre société capitaliste, qui associe la décision au pouvoir et le pouvoir à l'accomplissement personnel. Or ce n'est pas parce qu'on a choisi d'être mère qu'on sera toujours et invariablement heureuse de l'être. On peut en effet regretter non pas ses enfants en tant qu'individus, mais la maternité en tant qu'institution sociale, par exemple.

Alors bien entendu, on peut regretter un jour de n'avoir pas eu d'enfants. Mais dans ce cas, ce regret n'aura de conséquence que pour soi, et non pas pour les êtres humains que l'on aura créés dans une logique préventive, « au cas où » un jour, peut-être, on regretterait une vie qu'on se sera appliqué par ailleurs à construite en dehors de la norme… ce qui exige une grande confiance en son intuition, et une sacrée persévérance. Bon courage !

« TU CONNAIS LA DIFFÉRENCE ENTRE UNE FEMME ET... »

Par Camille et Justine

Camille & Justine *sont comédiennes, youtubeuses et autrices de la série* Gow. *Leur but? Dénoncer avec humour et sarcasme tous les petits travers de notre société. Du coup, le sexisme y a une bonne place...*

11 février 2019, Jean-Marie Bigard, plateau de *TPMP*, à une heure de grande écoute : « C'est l'histoire d'une femme qui consulte plusieurs fois son médecin pour une déchirure au bras. Énervé, le docteur oblige alors sa patiente à se déshabiller avant de la choper par le chignon, de la claquer sur son bureau, de la défourailler et de l'enculer à sec. Puis il lui dit : "Voilà, ça c'est une déchirure, ce que vous avez c'est une tendinite." »

En plus d'être une belle leçon de vie, c'est hilarant (non). Depuis des siècles, on est habitué.es à entendre des blagues sexistes, ça fait partie de notre quotidien, depuis l'école primaire jusqu'à la maison de retraite (on imagine, on n'a que 30 ans). Ces blagues sexistes sont juste la partie émergée de l'iceberg, d'une infinité de gros glaçons de remarques déplacées, fausses, et qui contribuent à faire de nous, les femmes (et plus globalement les minorités), la cible privilégiée des blagues de ces messieurs, qui apparemment se tapent le cul par terre dès qu'on peut en balancer une bonne sur la leur de bobonne.

Et puis, il y a la blague de trop. Celle de Bigard. Le bon côté des choses, c'est qu'il a été sanctionné pour ça. Comme l'a été Tex après sa « blague » sur les violences conjugales : « Vous savez ce qu'on dit à une femme qui a déjà les yeux au beurre noir ? Rien, on vient déjà de lui expliquer deux fois. » Vous avez du mal à y voir de l'humour ? Nous aussi. Le côté surprenant de la chose, en revanche (et par « surprenant », on veut dire « grave chiant ») c'est tous les débats qui ont suivi. On appellera Ludo le représentant de ceux qui tiennent fort à leurs blagues sexistes, en lançant à tour de bras des « c'est juste une blague », « c'est le style de Bigard, quoi », et autres savoureux « de toutes façons, on peut plus rien dire ».

Alors comme ça, ne plus pouvoir se moquer des violences faites aux femmes, c'est synonyme de ne plus RIEN pouvoir dire ? À moins que ce ne soit parce que, par la même occasion, on n'accepte plus non plus les blagues sur les Noirs, les homos ou les handicapés ?

Ludo : « Oui, mais si elles nous ont fait rire jusqu'à maintenant, pourquoi changer ? »

Elles faisaient rire jusqu'à maintenant ? Mais rire qui ? Elles ne faisaient probablement déjà pas rire les personnes concernées, simplement on ne leur laissait pas suffisamment la parole pour qu'elles le disent.

Et puis, si Marise riait si fort à ta blague – « Quelle est la différence entre une secrétaire et l'administration des impôts ? L'administration des impôts vous suce jusqu'à l'os ! » –, c'est peut-être parce que c'était TA secrétaire et que t'avais le pouvoir de la virer si elle n'était pas d'accord avec toi ?

Ludo : « Ça suffit la dictature de la bien-pensance. »

Voici deux définitions toute wikipédiesques de :

1) Dictature : Régime politique dans lequel une personne ou un groupe de personnes exerce.nt tous les pouvoirs de façon absolue, sans qu'aucune loi ou institution le.s limite.nt.

2) Bien-pensance : Expression d'un « bien-penser » revendiqué et d'une bonne conscience, qui préconise des lois interdisant et pénalisant les propos racistes, homophobes,

antisémites, négationnistes et autres. (Ce mot est d'ailleurs utilisé presque uniquement par ses détracteurs.)

C'est assez ironique de voir que ces mêmes personnes, qui crient à la bien-pensance, sont celles qui vivent depuis toujours dans leur monde privilégié, celui où l'homme gouverne, où l'homme décide, où l'homme est chef de foyer ou chef tout court. Donc dans un monde ou un groupe de personnes exerce tous les pouvoirs (vous aussi, vous le voyez, le lien avec la dictature ?). Mais si on leur enlève, à eux, le pouvoir de dire les pires saloperies sur tous les autres, alors on les brime… Et ils ne comptent pas se laisser faire : c'est leur droit de se moquer, OK ?

On pourrait se demander d'où vient le besoin de rire en rabaissant l'autre. Mais on pourrait aussi simplement arrêter de le faire.

Cette tonne de fois où tu m'as fait une blague sur la taille de mon nez, sur mon absence de seins, ou leur omniprésence, sur ma bêtise, mon manque de force, mon poids, ma couleur de peau, de cheveux, mes origines, mes préférences sexuelles ou ma taille, penses-tu que ça m'ait fait profondément rire ? Penses-tu qu'avant 2021 je trouvais ces blagues drôles, et d'un coup plus du tout ? Sais-tu qu'à chaque fois j'ai un peu plus douté de moi-même ? Que je me suis regardée dans le miroir avec un peu plus d'attention ou de dégoût ? Sais-tu que je n'ai jamais envisagé de postuler à cette offre d'emploi parce que je me pensais trop bête ? Et que je n'ai jamais été porter plainte parce que j'ai grandi avec vos blagues qui banalisent les violences sexuelles ? As-tu la moindre idée des conséquences de ta petite blague-oh-ça-va-c'est-pour-déconner-détends-toi ?

Et puis sinon, on peut aussi essayer de comprendre ce qu'il y a de drôle dans ce genre de blagues. Allez, vraiment, demandons-le-nous. Quand on entend les gens rire après « ça, c'est une déchirure », ils rient à quoi ?

Peut-être que c'est drôle, oui, si par exemple on oublie qu'une femme sur trois sera victime au cours de sa vie d'agression sexuelle, et que la plupart d'entre elles n'obtiendront pas justice, parce que devinez quoi ? La société aussi préfère en rire que de voir le problème.

Peut-être que c'est drôle si on est soi-même convaincu que la femme est chiante et vénale.

Peut-être que c'est drôle si on est d'accord avec l'idée qu'il faut toujours pousser les femmes au sexe parce qu'elles ont la flemme (ou la migraine).

Peut-être que c'est drôle si on pense vraiment que les secrétaires ne rêvent que de se faire baiser par leur patron, que les blondes sont idiotes, que les femmes ne savent faire que la cuisine et le ménage.

Parce que, qu'on le veuille ou non (ou plutôt, qu'on veuille bien s'en rendre compte), les femmes sont moins considérées que les hommes, moins payées qu'eux, moins prises au sérieux, et elles sont violées, et battues. Et tant que ce sera le cas, ce sera délicat d'en rire.

Ludo : « Bah du coup, on peut plus faire de blagues ? »

Si, t'inquiète, Ludo, il y a plein d'autres blagues à faire que sur les femmes (et les minorités en général d'ailleurs). Dans notre monde, celui des « bien-pensants », comme tu dis, on se marre, si tu savais. Alors, oui, parfois on rit de vous, les hommes, rien de bien méchant puisque aucune de ces blagues n'entraînera de discrimination (société patriarcale, tout ça), mais très souvent on rit avec vous, et avec les autres. Essayez, vous verrez, c'est assez sympa.

« HYSTÉRIQUE ! »

Par Mathilde Larrère

***Mathilde Larrère** est historienne, spécialiste des mouvements révolutionnaires et du maintien de l'ordre en France au XIXe siècle. Elle est notamment l'autrice de* Rage Against the Machisme *(Éditions du Détour, 2020).*

Les manifestantes de la Women's March du 8 mars 2018 ? Des « folles enragées au niveau d'hystérie illimité » pour Donald Trump[1]. « Vous avez le droit d'écouter les autres plutôt que de donner une image hystérique de votre pensée », balance Pascal Praud à Claire Nouvian, son invitée sur CNews le 6 mai 2019 – laquelle essayait surtout d'en placer une au milieu des attaques. Une étude de l'institut de sondage LH2, publiée en 2013 pour le Conseil supérieur de l'égalité professionnelle entre les femmes et les hommes, établissait que huit femmes sur dix avaient été traitées d'« hystérique » au travail… En face de cette liste qui pourrait courir sur des pages, cette pancarte brandie le 8 mars 2019 : « Hystérique – n. f. Femme avec une opinion ».

Le terme « hystérique » nous ramène à l'image de la femme folle, irrationnelle, impulsive, émotive, perdant ses nerfs, dont le comportement est jugé disproportionné. Disproportionné par rapport à quoi, me direz-vous ? À l'image qu'on se fait de la femme, c'est-à-dire en retrait, en silence, en cuisine. Un homme, c'est en colère, un homme, ça s'énerve, ça tape du poing sur la table. Une femme, c'est hystérique. Cette insulte sexiste, héritée d'une histoire psychanalytique obsolète et erronée, n'en reste pas moins fréquemment utilisée pour discréditer la parole des femmes. Renvoyée à la folie, la prise de position d'une femme n'est pas même discutée, débattue. Comme souvent dans les insultes sexistes, il s'agit de doublement déconsidérer la

1. Exemple cité par Alexandra Pizzuto dans son article « Pourquoi bannir le mot "hystérie" de notre vocabulaire servirait la cause des femmes », *Marie Claire*, 9 octobre 2020.

femme en la traitant comme incapable d'une parole sensée, et de dénigrer l'opinion qu'elle défend.

Depuis l'Antiquité, nombreux médecins, des hommes donc, soutiennent que, si les hommes peuvent avoir des crises de folie conjoncturelles, les femmes seraient, elles, « par nature » sujettes à la folie. Son utérus, voyez-vous, ça la rend dingue (d'où l'étymologie du terme « hystérie», du latin « hystéricus », « qui est relatif à l'utérus »). Pensant que la source biologique de l'hystérie résidait dans l'utérus, qu'il imaginait baladeur, Hippocrate suggérait au ve siècle avant notre ère que la grossesse permanente soit une solution pour garder l'utérus bien en place – ce qui, accessoirement, permet aussi de garder la femme bien à sa place, de mère. Vingt-quatre siècles plus loin, on en était toujours là ! Les aliénistes du XIXe siècle renouaient avec ces conceptions de la médecine antique et tentaient de soigner l'hystérie par électrodes dans le vagin, ceintures de compression ovarienne, ou en pratiquant des clitoridectomies. Charcot, grand spécialiste de l'hystérie à la fin du XIXe siècle, avait pourtant bien vu que les mêmes symptômes se retrouvaient chez des hommes. Mais ce n'étaient que des femmes qu'il présentait devant des amphis bondés pour parler de l'hystérie, ou dont il diffusait les photographies ou les croquis de crises hystériques, contribuant à associer les seules femmes à cette maladie.

Folles par nature, les femmes devaient donc rester bien à l'abri des maisons, éviter l'espace public, et plus encore, être écartées des lieux de pouvoir. Lorsqu'en 1793 la Convention révolutionnaire débat du droit d'association des femmes en particulier, et de la place des femmes en politique en général, le député Amar utilise entre autres arguments que « les femmes sont disposées par leur organisation à une exaltation qui serait funeste dans les affaires publiques». Le terme d'« hystérie », alors peu usité, n'apparaît pas, mais l'idée y est. Les femmes, expliquait-il, ne sauraient « prendre une part active à des discussions dont la chaleur est incompatible avec la douceur et la modération qui font le charme de leur sexe ». Comment mieux justifier que seul l'homme a le droit de dire haut et fort ce qu'il pense… Le décret Amar fut voté à une forte majorité, privant les femmes d'un de leurs rares droits politiques du moment.

Et puis c'était bien pratique, l'hystérie. Quand ça n'enfermait pas la femme dans ses grossesses, cela permettait de l'interner à l'asile. Car le XIXe siècle est celui de l'enfermement asilaire des femmes, en vertu d'une loi de 1838. Hop hop hop, on dit qu'elles sont hystériques, et paf, envoyées à l'asile où de fait, au contact d'authentiques malades et de traitements barbares, elles finissent par péter les plombs. On se souviendra de la pauvre Adèle Hugo enfermée par son père car ses amours risquaient de faire de l'ombre au grand homme…

On considérait alors qu'il y avait des conditions qui pouvaient rendre les femmes hystériques… des trucs très très dangereux comme… la lecture, exception faite des livres religieux. Le véritable danger pour le patriarcat étant plus l'émancipation des lectrices que leur folie évidemment. Les médecins affirmaient que la lectrice s'exposait aux maladies pulmonaires, à la déviation de la colonne vertébrale et pour finir, à la folie hystérique. Mais l'activité la plus dangereuse pour la femme restait quand même la politique, voire pire… la lutte pour les droits des femmes.

Les antiféministes ont sans cesse pathologisé la cause et ses militantes. Le féminisme est jugé « contre nature », les militantes de l'égalité des sexes qui osent s'affirmer dans l'espace public ne peuvent être que des folles motivées par des ressentiments personnels, la haine des hommes, la haine du féminin aussi, l'envie de devenir des hommes. N'oublions pas que le mot « féminisme » vient lui-même du vocabulaire médical. De la pathologie médicale à la pathologie politique, il n'y avait qu'un pas. Les suffragettes de la fin du XIXe siècle se faisaient ainsi systématiquement traiter d'« hystériques ». Un triste mantra qui ne cesse de faire son retour. En mars 2020, le journal d'extrême droite *Valeurs actuelles* titrait en une : « Comment les féministes sont devenues folles » ; cependant qu'un des articles du dossier s'intitulait : « C'est pas dans la rue qu'il faut aller mais en thérapie ».

Pourtant officiellement retirée de la classification internationale des maladies en 1952, l'hystérie reste donc une insulte banalisée, aussi bien dans les sphères médiatiques et politiques que dans les relations privées ou de travail, reléguant encore et toujours les paroles des femmes, leurs opinions dans le registre de l'émotion, qui plus est incontrôlée, et non de la raison – stade supérieur du classique « elle a ses ragnagna » dès qu'une femme hausse le ton.

C'est d'autant plus grave que, telle une épée de Damoclès sanctionnant toute velléité de contestation et d'expression des femmes, l'accusation d'« hystérique » contribue, insidieusement, à façonner, à polir le discours féministe et son action militante. Dès lors, devrions-nous garder notre calme, éviter de nous énerver, nous maîtriser donc, ainsi que se demandait justement Caroline de Haas : « Est-ce que je ne devrais pas montrer ma colère pour justement réhabiliter la colère ?

Grande question[1] ! » Laquelle, pourtant toujours calme, se fait fort souvent traiter d'« hystérique ». Puisqu'il suffit, comme le notait la pancarte que nous citions, d'avoir une opinion.

1. Caroline de Haas invitée dans le podcast *Émotion* de Cyrielle Bedu, 13 avril 2020, transcription disponible ici : https://www.happyscribe.com/public/emotions/rediffusion-la-colere-est-elle-vraiment-mauvaise-conseillere

« ON NE PEUT PLUS PRENDRE L'ASCENSEUR AVEC UNE FEMME »

Par Valérie Rey-Robert

Valérie Rey-Robert *est une militante féministe. Elle étudie les violences sexuelles depuis vingt ans et anime le blog* Crêpe Georgette. *Elle a aussi écrit* Une culture du viol à la française *(Libertalia, 2019) et* Le Sexisme, une affaire d'hommes *(Libertalia, 2020)*.

En 1991 aux États-Unis, l'assistante du juge Clarence Thomas, Anita Hill, l'accuse de harcèlement sexuel lors des audiences préliminaires à sa nomination comme juge à la Cour suprême. L'audience est très dure pour Hill à qui l'on demande par exemple si elle est une « femme aigrie » ou une « militante ». Ses accusations ne sont d'ailleurs pas retenues et Thomas obtient son poste à la Cour suprême où il siège encore aujourd'hui.

En France, les déclarations d'Anita Hill sont aussi mal perçues qu'outre-Atlantique, et on parle alors de « chasse aux sorcières » et du puritanisme américain. L'année suivante, en 1992, la loi sur le harcèlement sexuel est votée et beaucoup craignent une « américanisation » du pays. Yvette Roudy, première ministre des Droits de la femme, explique que la réaction au sein du Parti socialiste a été de dire : « Tu ne vas pas nous empêcher de draguer. Nous ne sommes pas aux États-Unis[1]. »

Évoquer le puritanisme américain lorsqu'il est question des droits des femmes est donc une constante assez ancienne en France. En 2009, le réalisateur Roman Polanski est arrêté en Suisse puisqu'il est sous le coup d'un mandat d'arrêt datant de 1977, après avoir fui les États-Unis suite au viol d'une mineure de moins de 15 ans. Lorsqu'il sera libéré, ses soutiens et lui n'auront de cesse de fustiger cette prétendue pudibonderie américaine.

1. Abigail C. Saguy, « Les conceptions juridiques du harcèlement sexuel en France et aux États-Unis. Avant et après l'affaire DSK », *Travail, genre et sociétés*, n° 28, 2012.

De même, celle-ci va être sans cesse rappelée lorsque Dominique Strauss-Kahn est arrêté pour « agression sexuelle, tentative de viol, abus sexuel et séquestration » dans une suite de l'hôtel *Sofitel* de Manhattan, le 14 mai 2011. Il n'est alors pas question pour ses nombreux défenseurs de nier les faits qui lui sont reprochés, mais plutôt de dire que les Américains en font une mauvaise interprétation à cause justement de leur puritanisme. Pascal Bruckner le mentionne dans *Le Monde* en 2011 : « L'Amérique du Nord, à l'évidence, a un problème avec le sexe qui vient de son héritage protestant, mais elle veut en plus donner des leçons au monde entier. La qualifier de puritaine ne suffit pas car c'est un puritanisme retors[1]. » *Libération* évoque les « ultrapuritains pour qui une petite tromperie conjugale peut suffire à disqualifier un homme politique[2] ». Et enfin, le journal *La Tribune* fait référence aux fameux ascenseurs : « À l'instar des pays anglo-saxons, un manager sera-t-il contraint demain de toujours laisser la porte de son bureau ouverte, principalement lorsqu'il y reçoit une femme ? Évitera-t-il de monter dans un ascenseur avec une femme seule[3] ? »

Vont alors surgir au fil des années tout un tas d'idées reçues au sujet des relations entre les hommes et les femmes, que nul ne va songer à interroger et qui semblent aller de soi. Selon les Français, il serait impossible de prendre l'ascenseur

1. Pascal Bruckner, « L'affaire DSK aura révélé une bien triste image de l'Amérique », *Le Monde*, 24 août 2011.

2. Lorraine Millot, « DSK, le "womanizer glouton" », *washington.blogs.liberation.fr*, 16 mai 2011.

3. Sophie Peters, « Hommes-femmes, mode d'emploi », *latribune.fr*, 20 mai 2011.

seul avec une femme si on est un homme, on devrait lui faire signer un contrat avant chaque acte sexuel, ou les portes seraient en permanence ouvertes afin d'éviter toute accusation de harcèlement sexuel. Est donc associée et confondue avec le puritanisme la lutte contre les violences sexuelles faites aux femmes. Le puritanisme sera aussi évoqué dans la fameuse tribune post-#MeToo sur la « liberté d'importuner » dans laquelle les signataires expliqueront : « Or c'est là le propre du puritanisme que d'emprunter, au nom d'un prétendu bien général, les arguments de la protection des femmes et de leur émancipation pour mieux les enchaîner à un statut d'éternelles victimes, de pauvres petites choses sous l'emprise de phallocrates démons, comme au bon vieux temps de la sorcellerie[1]. »

Il existe sans aucun doute un puritanisme et un conservatisme américain. Mais celles et ceux qui le défendent n'ont jamais défendu les droits des femmes ; ils en seraient plutôt de farouches opposants. Les lois américaines sur le harcèlement sexuel et celles sur les violences faites aux femmes dans leur ensemble n'ont pas été votées par eux mais contre eux. Les conservateurs américains réprouvent le sexe hors mariage, condamnent l'homosexualité, l'avortement et toute forme de sexualité non procréative. Ils défendent aussi l'existence de différences immuables entre les hommes et les femmes, qui doivent être conservées avec, évidemment, une domination masculine. Il suffit d'ailleurs de constater les propos de certains politiques conservateurs pour comprendre qu'ils

1. Collectif, « Nous défendons une liberté d'importuner, indispensable à la liberté sexuelle », *Le Monde*, 9 janvier 2018.

sont très loin de soutenir les lois contre les violences faites aux femmes.

En 2012, le député républicain Todd Akin avait déclaré que les femmes avaient la capacité physique d'empêcher le processus de fécondation en cas de viol. En 2019, le républicain Steve King affirmait que l'espèce humaine avait survécu grâce au viol et à l'inceste. Il suffit également de constater combien Donald Trump a été soutenu dans son camp politique face aux multiples accusations de viols et alors même qu'il avait déclaré avoir agressé sexuellement des femmes. En 2019 encore, à l'ONU, les conservateurs américains ont brandi la menace d'un veto sur un projet de résolution pour combattre le viol comme arme de guerre parce qu'il contenait un volet sur la santé sexuelle et reproductive qui pouvait laisser supposer qu'il était en faveur de l'avortement.

Une enquête menée par CNN en 2004 révélait que près de 47 % des salarié-e-s américains interrogé-e-s ont eu une aventure au bureau[1]. Avouez que cela met à mal l'idée d'une Amérique où le moindre rapport entre hommes et femmes est scruté et judiciarisé.

En France, l'accusation de puritanisme est sans cesse brandie pour excuser des hommes accusés de violences sexuelles. Or ce n'est pas le sexe consenti entre adultes que les féministes condamnent mais bien les violences.

De façon curieuse, le puritanisme n'est jamais évoqué lorsqu'il est réellement à l'œuvre et lorsque sont tenus des propos

1. https://money.cnn.com/2004/02/11/pf/saving/willis_tips/index.htm

homophobes, transphobes ou sexistes. Les reculs de différents gouvernements au sujet de la PMA pour toutes, la renonciation aux « ABCD de l'égalité » du gouvernement Ayrault n'ont jamais été qualifiés de « puritanisme » alors qu'ils en relevaient bel et bien.

« FÉMINAZIES ! »

Par Paul B. Preciado

Philosophe et commissaire d'exposition, **Paul B. Preciado** *est notamment l'auteur du* Manifeste contra-sexuel *(Balland, 2002), de* Testo Junkie : sexe, drogue et biopolitique *(Grasset, 2008), de* Pornotopie *(Climats, 2011, prix Sade de l'essai), de* Un appartement sur Uranus *(Grasset, 2019), et de* Je suis un monstre qui vous parle *(Grasset, 2020).*

C'est la nouvelle insulte que les seigneurs du patriarcat colonial nous jettent à la figure avec toute la violence totalitaire qui a été et est encore la leur.

Depuis que les femmes parlent elles-mêmes, les représentants de l'ancien régime sexuel sont tellement nerveux que maintenant ce sont eux qui commencent à manquer de mots. C'est peut-être pour cela que les seigneurs du patriarcat colonial ont pioché dans leur livre d'histoire nécropolitique à la recherche d'insultes à nous jeter à la figure et que, par un curieux hasard, ils ont choisi celle qu'ils ont toujours à portée de main : nazie !

Ils disent de nous que nous sommes des féminazies. Ils disent qu'ils ne peuvent plus monter seuls dans l'ascenseur avec une fille – quel dommage – parce que ce pourrait être une « féminazie » qui les accuse de viol. Ils disent qu'ils ne peuvent plus exercer librement l'art de la conquête virile à la française. Ils disent que les femmes ont pris le pouvoir dans les universités, qu'elles remportent des prix littéraires et que ce sont elles qui, ivres de *gender studies*, font la loi au cinéma et dans les médias. En renversant les positions d'hégémonie et de subalternité, les pères du technopatriarcat confèrent un pouvoir absolu aux minorités sexuelles, aux femmes, aux transgenres, aux homosexuels, aux pédés, aux gouines et aux corps de genre non binaire ; ils leur transfèrent fantastiquement les violences totalitaires qui ont été et sont encore les leurs. Comment est-il possible d'appliquer l'adjectif « nazi » précisément aux corps que le nazisme considérait infrahumains et dispensables ?

Rien ne justifie l'utilisation de l'adjectif « féminazie » pour qualifier les demandes de reconnaissance des femmes, des trans, des homosexuels ou des personnes de sexe non binaire en tant que sujets politiques souverains. Je ne pense pas qu'il vaille la peine de se perdre dans une discussion théorique. Le meilleur et le plus efficace des arguments est de s'en tenir aux faits.

Lorsque nous aurons violé et démembré le même nombre d'hommes que vous l'avez fait avec des femmes, ou avec des homosexuels ou des transsexuels, simplement parce qu'ils seront des hommes, ou parce que leur corps ou leurs pratiques ne correspondront pas à ce que nous entendons par une bonne masculinité hétérosexuelle soumise, alors vous pourrez nous appeler féminazies. Quand nous aurons décidé dans un Parlement composé uniquement de femmes, dans un conseil d'administration composé uniquement de femmes, qu'un homme pour le simple fait d'être un homme doit être moins bien payé qu'une femme dans n'importe quel emploi et dans n'importe quelles circonstances, alors vous pourrez nous appeler des féminazies. Lorsqu'il vous sera interdit d'éjaculer hors d'un vagin sous peine d'accusation d'avortement et que toutes vos pratiques sexuelles en dehors du lit hétérosexuel seront considérées comme grotesques ou pathologiques, alors vous pourrez nous appeler féminazies. Quand vos jambes trembleront lorsque vous traverserez une rue sombre et que vous chercherez avec crainte les clés de votre porte dans vos poches pour entrer chez vous le plus vite possible, quand une silhouette féminine au fond d'une allée vous fera vous retourner et courir, lorsque les rues de toutes les villes seront nôtres, alors vous pourrez nous appeler des féminazies. Quand les écoles n'enseigneront que des livres de Gertrude Stein et Virginia Woolf et que James Joyce et Gustave Flaubert seront devenus des écrivains « masculinistes », quand les musées d'art consacreront une semaine par an à l'exploration des œuvres inconnues des « artistes masculins » et quand les historiens publieront chaque décennie un magazine pour parler du rôle des « hommes invisibles dans l'histoire », alors, à ce moment-là, vous pourrez nous appeler des féminazies.

Lorsque les psychologues, les psychanalystes et les psychiatres, experts en sexualité humaine, seront exclusivement des lesbiennes radicales et qu'elles se réuniront en assemblées fermées pour déterminer la différence entre la masculinité normale et pathologique, lorsque au lieu de commenter Freud et Lacan nous interpréterons votre sexualité masculine hétérosexuelle, vos attentes et votre plaisir selon les théories de Valerie Solanas et Monique Wittig, alors vous pourrez nous appeler des féminazies. Lorsque vos mères, vos tantes, vos cousines, vos sœurs, vos amies et vos épouses auront toujours quelque chose à dire sur votre façon de vous habiller, de vous coiffer, de parler, d'être laid ou gros, beau ou mince, et quand elles vous le diront constamment, à voix haute, devant tout le monde, et prétendront vous faire plaisir avec cette forme de contrôle, lorsque nous appellerons cette forme de langage « galanterie féminine », alors vous pourrez nous appeler des féminazies. Quand nous sortirons en groupe pour nous payer un travailleur du sexe précaire que nous trouverons à moitié nu sur les bords des routes de la périphérie des villes, un homme jeune souvent migrant à qui on ne reconnaîtra pas le droit au travail, qui sera considéré comme un criminel et qu'une police composée presque uniquement de femmes aura le droit de violer et de harceler, alors oui, à ce moment-là, lorsque nous payerons cinq euros un travailleur du sexe pour une petite succion clitoridienne dans une voiture, alors vous pourrez nous appeler des féminazies.

Et même si, un jour, nous vous soumettons, nous vous exotisons, nous vous violons et vous tuons, si nous accomplissons une tâche historique d'extermination, d'expropriation et de soumission comparable à la vôtre, nous serons alors tout simplement comme vous. Alors, oui, à ce moment-là, nous pourrons partager avec vous l'adjectif « nazi ». Mais pour être à la hauteur de vos techniques politiques patriarcales, nous aurions besoin d'un travail collectif monumental, et de mettre en place une haine organisée et une industrialisation de la vengeance que, sincèrement, je n'imagine ni ne désire. Pour l'instant, et je le dis avec l'objectivité que mettrait un scientifique à remarquer la différence entre le nombre de grains de sable du désert du Sahara et le grain de sable qui est entré dans un œil, il reste de la marge. Beaucoup, beaucoup de marge.

« MAIS QU'EST-CE QU'ELLES VEULENT, À LA FIN ? »

Par Marie Sauvion

Journaliste, ***Marie Sauvion*** *est rédactrice en chef adjointe de la rubrique cinéma de* Télérama *et chroniqueuse de l'émission « Le Cercle », sur* Canal+.

Les féministes ne sont jamais contentes, c'est même à ça qu'on nous reconnaît. À ça et à notre colère (de mochetés velues), nos luttes (de mal baisées hystériques), notre sororité (de gouines féminazies). Les féministes ne sont jamais contentes alors que ça va, c'est bon, les femmes ont déjà tout gagné : le droit de vote, l'égalité devant la loi, la parité tant qu'il n'y a pas trop d'argent ou de pouvoir en jeu, une espérance de vie supérieure, la contraception et l'IVG, des juges aux affaires familiales vendu(e)s à la cause des mères, des pensions alimentaires ruineuses d'exs, des médias bien-pensants acquis, des réseaux sociaux coupeurs de têtes de porcs, Anne Hidalgo, une Palme d'or pour *La Leçon de piano* de Jane Campion (1993), un mari qui vide le lave-vaisselle, une Coupe du monde de foot, l'écriture inclusive, des rasoirs roses, des t-shirts « Attachiante », des pantalons « alors que vous êtes quand même plus féminines en jupe », et même des ascenseurs vides maintenant que les mecs sont obligés de prendre l'escalier pour ne pas risquer d'être accusés d'agression.

« Mais qu'est-ce qu'elles veulent, à la fin ? », s'inquiète la France. Enfin, disons la France des tontons gênants, des boys clubs, des éditorialistes fragiles, des vieux philosophes pour chaînes info, des Grosses Têtes, des boomeuses qui regrettent les importuns, de Bigard, des supporters de foot, des académiciens hérissés par le mot « autrice », des femmes puissantes qui jurent qu'il n'y a qu'à se retrousser les manches, des convaincus que Desproges ne pourrait plus rien dire, des ex-soixante-huitards qui savent mieux que toi ce qu'est « le vrai féminisme », des hommes galants qui ne nous tiendront plus la porte, des hommes polis qui nous traitent de putes en pensant que c'est une insulte, des hommes courageux qui menacent

Alice Coffin de mort, des fils qui respectent leur mère et violent des meufs bourrées, des voisins discrets qui tuent leur femme, des pères incestueux qui bousillent leurs enfants dans le lit du silence, des *not all men*, des « oh ça va, on rigole », cette France-là panique et (p)ose la question : « Mais qu'est-ce qu'elles veulent, à la fin ? » Puisqu'on a déjà tout. Puisqu'on n'est pas en Afghanistan. Puisqu'il y a Marlène Schiappa sur la photo, juste derrière Gérald Darmanin.

À cette question, si vaste qu'elle en devient vertigineuse, on a le droit de ne pas répondre. On a le droit d'avoir la flemme, pas le temps, pas envie, mieux à faire. On a le droit de rappeler qu'on n'est pas profs de féminisme (ou alors moyennant oseille). Qu'il y a des tonnes d'articles, de bouquins, de podcasts pour ceux (rares) que ça intéresse vraiment. On ne doit rien à personne, ni à des inconnus sur Twitter, ni à des collègues à la cantine, ni à des amis d'amis à un dîner, alors on peut choisir de s'épargner les débats stériles, la fatigue, les sarcasmes et la déprime.

À l'inverse, les jours de soleil, les jours pêchus, les jours où l'on aime le genre humain, il arrive qu'on discute politique. Avec des gens qui, en majorité, considèrent qu'on se trompe de combat dès qu'on s'éloigne de l'égalité salariale (à condition qu'elle ne leur coûte rien) et de la liberté sexuelle (tant qu'ils s'en estiment bénéficiaires). Vues de leur rive, la féminisation de la langue (« Dans "écrivaine", il y a vaine »), la précarité menstruelle (« Beurk ») ou la répartition de l'espace dans les cours de récré entrent directement dans la catégorie des sujets gadgets. Persuadés de pratiquer une langue neutre, ils ont les oreilles qui saignent si on parle de « violence masculine » plutôt que de « violences faites aux femmes ». D'ailleurs, c'est simple, ils ne connaissent aucun agresseur. Ils ne connaissent aucun chiffre, non plus. Les statistiques (plaintes, condamnations, correctionnalisations, inceste…), pourtant à portée de clic, n'ont pas franchi leurs œillères. Ou percé le blindage de leur empathie. Ils voient des fausses accusations partout mais du sexisme nulle part. N'ont jamais entendu parler de « valence différentielle » (Françoise Héritier), gloussent à la phrase « Les lesbiennes ne sont pas des femmes » (Monique Wittig) et soupirent quand on cite « Nous sommes du sexe de la peur » (Virginie Despentes). Se ruent sur nos dissensions (voile, prostitution…) pour nous discréditer. Crient à la misandrie quand on parle des hommes comme d'une classe dominante. Ils n'ont rien lu mais ils savent. Ils savent que #MeToo va trop loin. Ils savent qu'on fera moins les malignes quand il s'agira de porter un truc lourd. Ils sont une armée d'OSS 117.

J'exagère ? Oui. Non. À peine. Mettons cet agacement sur le compte de la lassitude – j'ai 50 ans. Ou de la rage qui me consume quand ma fille de 20 ans me raconte le papy bien mis qui l'a pelotée dans le bus. Le trentenaire qui l'a traitée de tous les noms devant la boulangerie parce qu'elle ne voulait pas lui filer son 06. Les étudiants rigolards qui l'ont agonie d'obscénités sur la ligne 3. Le type qui l'a suivie jusqu'à ce qu'elle se réfugie dans un magasin. Le prof qui louche sur ses seins. Ma rage quand elle hausse les épaules et conclut, l'air de rien, comme si c'était normal : « Une bonne journée, c'est une journée où je n'ai pas eu peur. »

« Mais qu'est-ce qu'elles veulent, à la fin ? » À cette question, chacune aura sa réponse. La mienne, je l'ai piquée récemment sur la couverture de *Valeurs actuelles* : « Les féministes cassent l'ambiance en soirée ». D'abord, j'ai ri à en pleurer, et puis j'ai réalisé que c'était vrai. Je veux casser l'ambiance de vestiaire. La casser en soirée, à l'école, au gouvernement. Casser l'ambiance dans les tribunaux, dans les commissariats, les jeux vidéo, les hôpitaux, les livres d'histoire, les entreprises du CAC 40, l'industrie du cinéma, les supermarchés, les bureaux, les bistros, le couple, les dictionnaires, le sport, le porno, les discothèques, les journaux, le métro, la rue, la nuit. Il est temps. Et nous aussi, nous sommes légion.

« ENTRE ELLES, LES FEMMES SONT TOUTES DES GARCES »

Par Rebecca Amsellem

***Rebecca Amsellem** est économiste essayiste et activiste féministe franco-canadienne. En 2015, elle lance la newsletter féministe* Les Glorieuses *dans l'optique de constituer un nouvel imaginaire collectif où les femmes sont pleinement les égales des hommes. Elle est à l'initiative des mouvements #4Novembre16h16 (2020), #5Novembre16h47 (2019), #6Novembre15h35 (2018), #3Novembre11h44 (2017), et #7Novembre16h34 (2016). Ces dates symboliques désignent le jour à partir duquel les femmes ne sont plus payées à cause des inégalités de salaire qui persistent entre elles et les hommes.*

« Quelle pisseuse ! » était sûrement la phrase préférée de ma grand-tante. Assise autour de la table de sa cuisine comme tous les samedis après-midi, les mains occupées par un jeu de rami qui devait nous absorber pendant de longues heures, elle commentait les faits et gestes de chaque femme de la famille et du voisinage. Souvent, pas méchamment. Mais dès qu'elle jugeait un comportement dissident, elle n'avait pas sa langue dans sa poche. « Quelle pisseuse ! » pouvait-on l'entendre dire une phrase sur deux.

Rien à voir avec des problèmes de cystite, je me permets de préciser. Un problème de jugement, probablement. Un problème d'éducation sexiste, assurément. « Entre elles, les femmes sont de vraies vipères. » À force de dire que les femmes sont méchantes entre elles, ma grand-tante a fait ce qu'on attendait d'elle : critiquer les femmes qui ne respectaient pas à la lettre le rôle qu'elles devaient jouer. Celle qui ne se mariait pas assez vite « avait un problème », celle qui n'avait pas d'« instinct maternel » « avait un problème », celle qui ne savait pas bien cuisiner les boulettes « avait un problème », etc. « Quelle pisseuse ! » pouvait donc se référer à toute femme, toute fille, qui avait choisi d'avoir un comportement hors de la norme.

La « pisseuse » repose bien sur un mythe – celui selon lequel les femmes seraient méchantes entre elles. L'essayiste américaine Roxane Gay signe à ce sujet un guide pratique enjoignant aux femmes de multiplier les amitiés avec les femmes[1]. « Abandonnez le mythe culturel selon lequel toutes les amitiés féminines doivent être toxiques, mauvaises ou compétitives.

1. Voir https://jezebel.com/how-to-be-friends-with-another-woman-5941016 (la traduction est de l'autrice).

Ce mythe est comme des talons et des sacs à main – joli mais conçu pour éblouir les femmes. » Elle ajoute : « Cela ne veut pas dire que les femmes ne peuvent pas être des garces ou toxiques ou compétitives parfois, mais ces valeurs ne définissent pas les caractéristiques de l'amitié féminine, d'autant plus lorsque vous vieillissez. »

« De vraies vipères », des « jalouses », des « pestes », des « teignes », des « chipies », et j'en passe… Notre langue regorge de synonymes pour mettre en avant la haine innée que les femmes sont censées ressentir les unes pour les autres, et leur prétendue absence de solidarité.

Ce mythe est aujourd'hui institutionnalisé. Car si la solidarité entre les hommes est gravée sur les frontons de toutes nos institutions républicaines – *Liberté, Égalité, Fraternité…* –, nos logiciels de traitement de texte continuent d'ignorer son équivalent féminin, la *sororité.*

Ce mythe a un grand gagnant : le patriarcat. Faire croire aux femmes qu'elles ne peuvent être que des mégères entre elles les empêche d'imaginer une sororité, si indispensable à l'avènement d'une société féministe. Aussi, quoi de plus facile pour dénigrer plus de la moitié de l'humanité que de mettre en avant le caractère pseudo-infantile que les femmes sont censées manifester entre elles ?

Car si l'éducation des générations précédentes – et un peu la mienne – a bien intégré cette figure de la peste, la sororité est aujourd'hui une arme revendiquée par les femmes pour exister dans l'espace public, et elle a pour conséquence de renvoyer ce mythe à ce qu'il est… un mythe. La journaliste et femme politique Alice Coffin précise ainsi que c'est le plus grand défi pour les femmes aujourd'hui, « Se soutenir. Faire bloc face à l'adversité. » Elle ajoute que la tâche est difficile mais indispensable à l'avènement d'une société féministe. « Cela requiert de se battre pour les femmes de minorités particulièrement opprimées. Les femmes migrantes, racisées, lesbiennes, précaires, toutes celles qui, en plus du sexisme structurel et quotidien, affrontent d'autres violences et discriminations. Mais cela implique, aussi, d'éviter toute critique publique envers d'autres femmes en position de pouvoir. C'est un exercice difficile, car certaines n'agissent pas en féministes, mais il me semble indispensable, si nous ne voulons pas entretenir la misogynie. Concentrons, en public, nos attaques contre les hommes[1]. »

La sororité, l'entraide entre les femmes, est la condition *sine qua non* pour accéder à l'utopie féministe tant rêvée. Et bonne nouvelle, cette sororité existe déjà. Pensez à la dernière femme qui vous a prêté un tampon quand vous tentiez maladroitement de contracter votre vagin pour éviter la fameuse tache rouge. Pensez à la première femme qui vous a discrètement souri pour vous signifier son soutien quand un homme vous expliquait la vie. Enfin, pensez à cette femme qui est venue vous voir en faisant semblant de vous connaître pour vous dégager d'une agression potentielle. Les sœurs sont toutes autour de nous, elles veillent sur nous. Les sœurs, c'est nous.

1. Voir https://www.nationalgeographic.fr/photographie/2019/11/se-passer-du-regard-des-hommes-est-un-immense-defi

« ON SAIT QUI PORTE LA CULOTTE »

Par Élodie Shanta

Autrice et illustratrice pour la jeunesse, ***Élodie Shanta*** *dessine avec amour monstres, nature, fleurs et sorcières. Elle est notamment l'autrice de* Crevette *(La Pastèque, 2019), de* Cecil et les objets cassés *(Éditions Lapin, 2021) et* Résine *(La Ville brûle, 2021). Elle collabore aussi régulièrement avec la presse jeunesse.*

CHÉRIE ! TU SAIS...
JE VEUX BIEN T'AIDER À PORTER LA CULOTTE DE TEMPS EN TEMPS
T'ES SÛR ?
OUI !
C'EST TRÈS LOURD, TU SAIS.
TIENS VAS-Y.

C'EST LOURD T'AS VU.
NON, NON, ÇA VA.
GNNN.
BON, DONNE.
LEQUEL D'ENTRE VOUS PORTE LA CULOTTE?
BAH, ÇA DÉPEND, ON SE RELAIE QUOI!

Achevé d'imprimer en Italie
par Grafica Veneta en février 2021
Dépôt légal mars 2021
EAN 9782290229903
OTP L21ELLN001020N001

—

Composition : PCA
Maquette intérieure : Gustave Auguste

—

ÉDITIONS J'AI LU
87, quai Panhard-et-Levassor,
75013 Paris
Diffusion France et étranger : Flammarion

Librio

1294